Frères de lumière

Chez le même éditeur

Dr John Mc Kenna : ***Antibiotiques, La Révolution Naturelle***
Chantal et Lionel Clergeaud : ***L'Argile, Terre de Vie***
Yvan Dionis : ***La Médecine du Bon Sens***
Dr Bruce Goldberg : ***Secrets de Santé pour une Vie longue et heureuse***
Gaston Prost : ***Débordez d'énergie***
Chantal et Lionel Clergeaud : ***100 Cocktails revitalisants pour une Santé à toute épreuve***
Francis Frandeau de Marly : ***Traité des Influences Cosmo-magnétiques***
Scott Cunningham & David Harrington : ***Secrets et Recettes pour un Habitat Heureux***
Melita Denning & Osborne Phillips : ***L'autodéfense psychique***
Ted Andrews : ***Comment Rencontrer ses Guides Spirituels et Travailler avec eux***
Jean-Luc Belleney : ***Comment Réussir sa Vie avec les Dessins Psycho-énergétiques***
Karine Chateigner : ***Le Nouveau Livre des Esprits***
Dr Bruce Goldberg : ***Vies passées, Vies futures***
Yvan Dionis : ***La Santé par l'Esprit***
Jérôme Calmar : ***L'Eveil selon le Tchan***
Roger Gascon ***: Les Fantastiques Pouvoirs du Décagone***
Tony Hogan : ***Né pour Guérir***
Stéphanie Roberts : ***108 Astuces Feng Shui***
Ori Hofmekler : ***Le Régime du Guerrier***
Georges Osorio : ***A l'Écoute des Grands Initiés***
A.D. du Graal : ***Des Mégalithes aux Cathédrales***

ISBN : 978-2-911456-60-2

ERIC DAC

Frères de lumière

ÉDITIONS ALAIN LABUSSIÈRE
BP 85 – 71700 TOURNUS
Tél : 03.85.27.03.80
www.editionslabussiere.com

Remerciements

Je tiens tout particulièrement à remercier :

Mes parents pour leur amour et toute la tendresse qu'ils me portent au quotidien,

Ma sœur dans sa participation à l'élaboration de ce volume et pour son affection,

Mon frère pour sa sagesse et son côté cartésien,

A tous mes frères de lumière, anges et archanges qui m'accompagnent quotidiennement et me permettent d'évoluer,

Et à vous tous, chercheurs de la vérité, de la lumière et de l'amour divin.

Éric DAC.

Préface

Cet ouvrage s'adresse aux lecteurs en quête d'évolution spirituelle. Il vous apportera, la connaissance optimale pour accéder à la sagesse, à l'amour divin, mais aussi à la richesse du cœur. Toutefois, je recommande également la lecture de mon premier livre « Vérité ! ».

Il vous permettra de trouver la voie initiatique qui sera d'un puissant secours aux chercheurs indépendants en leur évitant ainsi, de grandes dépenses, de temps et d'argent.

Cette initiation, issue de l'enseignement oral et des grimoires ancestraux, vous fera progresser à la « vitesse grand V », sans aucun effort. Elle ne vous demandera aucune aptitude particulière.

Ce sera toujours d'une façon très simple que je vous livrerai toutes les techniques et pratiques, que vous mettrez par la suite, en application au quotidien.

Leur application vous permettra de rencontrer les forces divines supérieures et angéliques, mais aussi de vous harmoniser avec les énergies cosmiques et universelles, ainsi qu'avec toutes les forces qui constituent notre plan terrestre et divin.

Toute la puissance de cet enseignement réside dans sa simplicité d'exécution, dans l'obtention immédiate des résultats escomptés, mais aussi dans l'absence de théorie inutile qui ne pourrait qu'embuer l'esprit du chercheur ou du pratiquant chevronné.

Il me semble bon de vous recommander de lire au préalable ce livre au moins une fois, comme vous le feriez d'un roman, puis de reprendre la lecture à son début et de le mettre pas à pas en pratique.

Tout cela bien évidemment dans l'esprit de la lumière et de l'amour de Dieu.

Dans un souci d'accès rapide à cette ascension, je me propose de vous résumer maintenant, les passages essentiels qui vous permettront de travailler toutes les techniques énoncées dans ce volume.

Pour ceux qui l'ont déjà lu, ces petits rappels concernant la lumière divine ne pourront que leur faire le plus grand bien. Je puis vous assurer que cette voie vous octroiera, que vous soyez débutants ou chercheurs, un gain de temps précieux et l'épanouissement à court terme de votre être, tout cela bien évidemment dans la lumière de Dieu.

Avant de commencer, il est important de comprendre que la lumière divine est un principe énergétique utilisable par tout individu. En effet, il me semble que l'initiation spirituelle a été trop longtemps cachée au public. Et c'est pour cela, que je me permets maintenant, de vous donner toutes les clefs nécessaires à votre évolution personnelle, mais aussi à l'évolution universelle de notre société.

De tout temps, les hommes ont cherché à s'approprier Dieu et la connaissance, mais cette dernière appartient à tous ceux ou celles qui inspirent au plus profond d'eux-mêmes, à la sincérité et à la diffusion de la vérité et du bien sur terre.

Ce concept de lumière divine, ce rêve humain a fait couler beaucoup d'encre et a permis à ceux qui ont vécu la malheureuse expérience du coma de révéler certaines vérités, suscitant ainsi beaucoup de questions sur la lumière blanche perçue à l'aube de leur mort clinique, n'ayant trouvé aujourd'hui encore aucune réponse concrète.

Toutefois, pas de panique ! Il ne faut en aucun cas attendre son décès pour vivre cette expérience.

En effet, tout se passe de notre vivant !

Cette lumière blanche intense qui est si souvent perçue est en fait la lumière de Dieu. Celle dont nous parlent les Saintes Ecritures. Il est d'ailleurs dit que

« Que la lumière soit et la lumière fut ».

C'est aussi simple que cela !

En effet, le mantra inhérent à la lumière peut être pratiqué debout, assis, allongé et ce dans n'importe quel endroit. Cependant, un lieu saint est vivement conseillé pour certains exercices.

Rassurez-vous, je ne vais pas faire de longues théories concernant le sujet. Mais à titre indicatif, vous pouvez trouver tous les compléments d'informations, afférents à la lumière divine dans l'ouvrage que je vous ai précédemment cité.

Dans un premier temps, je vais vous communiquer ici le mantra qui vous assurera la perception de la Lumière Divine.

«Je reçois la lumière de Dieu,
Je ressens la lumière de Dieu,
Je transmets la lumière de Dieu»

Comme vous le constatez, ce mantra est très simple et son utilisation vous assurera une évolution à la vitesse grande «V » dans la lumière. Aussi, je vous conseille de pratiquer cet exercice assis ou debout. Chaque phrase doit être prononcée une fois et même trois fois au début. Je vous recommande fortement les trois fois au début.

« je reçois la lumière de Dieu… »

Lorsque vous prononcerez cette phrase, mettez-vous en position d'orant (les paumes ouvertes à plat en direction du ciel).

« Je ressens la lumière de Dieu… »

Pour cette locution, placez vos deux mains face à face et cherchez à présent, le volume qui se situe entre celles-ci. Faites de petits mouvements légers et souples de rapprochement, puis écartez-les plus ou moins, toujours en conservant des mouvements simples, mais souples.

Reprenez encore une fois l'exercice. Vous vous apercevrez maintenant que, plus vous écartez les mains l'une de l'autre, plus le volume augmente. N'oubliez pas, mettez de la vie dans vos gestes. C'est primordial ! Et plus vous serez naturel, plus grands seront vos ressentis. N'hésitez pas à espacer le volume jusqu'à en avoir les bras écartés.

En effet, plus le volume sera grand, plus vos ressentis seront forts.

Pour ceux d'entre vous qui ont de petites difficultés à ressentir, je vous rassure qu'avec un peu de pratique, vous arriverez aux résultats escomptés.

« Je transmets la lumière de Dieu… »

Dirigez maintenant la paume de vos mains devant vous. La lumière ira directement là où vous le souhaiterez. Vous pouvez la transmettre à une personne, à un groupe d'individus ou même à l'univers.

Peu importe, c'est la lumière de Dieu !

Elle peut aller partout et simultanément sur l'ensemble de la planète. Aussi pour achever le mantra, donnez un destinataire à la lumière.

Exemple : je transmets la lumière de Dieu à ma femme. Vous pouvez aussi la transmettre à plusieurs personnes en même temps, exemple : « je transmets la lumière à tous mes amis, à toutes les personnes que je connais, à tous les êtres humains ». Je me permets d'ajouter qu'il n'y a pas de limite concernant le nombre de sujets humain, animal, végétal ou minéral, auquel vous la transmettrez simultanément. Et surtout, il faut bien comprendre que la lumière n'a pas de limite et passe bien à travers toute matière et tout lieu quel qu'il soit. Son utilisation n'est absolument pas limitée. Vous pourrez pratiquer autant de fois que vous le désirerez quotidiennement et pour autant de personnes que vous souhaitez.

A noter que pour terminer le mantra, vous devrez impérativement dire :

« Si Dieu le veut
et si son karma le lui permet,
elle est guérie ».

Cette dernière phrase doit, en considération de son destinataire, faire l'objet d'une modification en genre et en nombre : masculin pour l'homme, pluriel pour un groupe de personnes. Ceci peut paraître dérisoire, toutefois, je suis sûr que certaines personnes n'auraient pas fait les accords de conjugaison qui s'imposent, de peur de changer le mantra.

Pour qui s'adresse t-il ?

Il est nécessaire ici de se poser cette question. Pourquoi, tout simplement parce que celle-ci vous permet de respecter les lois spirituelles.

« Si Dieu le veut ... »

Il est tout à fait normal de lui demander son avis, car en l'occurrence, c'est sa lumière que vous allez transmettre. Je vous rassure, il le veut toujours.

« Et si son karma le permet ... »

Avant d'aborder ce sujet, il convient d'admettre le principe suivant : il existe des lois terrestres et des lois cosmiques. Les lois terrestres se divisent en deux grandes catégories :

Celles dites d'Etat concernent la gestion d'un pays et s'avèrent parfois différentes, voir conflictuelles, d'une nation à l'autre. Celles internationales qui tentent d'administrer au mieux un grand nombre de pays, de cultures et de bases évolutives différentes.

Les lois cosmiques, dites universelles, influent sur toutes les lois terrestres et gouvernent ainsi l'ensemble de la galaxie. Ce qui traduit sans nul doute que l'homme moderne se rapproche progressivement des lois universelles. A noter que ce phénomène que je vous livre ici, contribue à la protection de l'environnement, au respect des accords internationaux pour le désarmement, etc....

L'une de ces lois cosmiques est le karma, appelé plus couramment loi de cause à effet.

Dans un premier temps, il s'avère indispensable de définir ce principe fondamental. Issu des religions indiennes, il repose sur la conception de la vie humaine comme maillon d'une chaîne de vie, chaque existence étant déterminée par les actes accomplis dans la vie précédente. A cet égard, je tiens à vous préciser que nous sommes tous soumis à cette loi, qui résulte du principe selon lequel chaque action entraîne une réaction. En outre, cette loi stipule que l'on recommence toujours les mêmes erreurs, tant que celles-ci ne sont pas comprises. Les erreurs constatées durant notre existence résultent donc de nos précédentes incarnations et persistent tant qu'un effort de compréhension n'a pas été accompli.

En plus du karma individuel, il existe également un karma national. Il n'est pas aisé d'effacer toute dette karmique ! Aussi faut-il se concentrer dans notre vie présente et éviter le plus possible, d'inscrire de nouvelles données karmiques, et s'efforcer d'effacer celles éventuellement inscrites antérieurement.

Comment faire ?

Tout d'abord, développez votre compréhension du bien et du mal en apprenant à le discerner.

Le mal qui peut revêtir toutes les formes possibles (exemple : la parole, la pensée, l'action). Aussi, je vous conseille de bien réfléchir avant de parler ou d'agir, pour éviter les conséquences futures de vos actes présents. Je vous le répète pour ne pas inscrire et subir de dettes karmiques, il faut vous concentrer sur le présent.

Le temps terrestre est jusqu'à ce jour une conception permettant de gérer le bon fonctionnement de notre société et non une réelle mesure. Toutefois, il permet de constater que le passé et le futur sont deux notions similaires, dans la mesure où dans le passé réside la cause et dans le futur ses conséquences ou effets. Par exemple, si vous ne réglez pas vos impôts, il est certain que vous subirez des pénalités. Ainsi, comme vous pouvez maintenant le constater, seul vivre l'instant présent permet d'échapper au karma.

Toute attitude tendant à vivre au jour le jour, sans se soucier du passé, du vécu et du futur aura d'heureuses conséquences. D'ailleurs, je suppose que beaucoup d'entre-vous se sont aperçus que quelques heures de bonheur vécues pleinement passent cependant très vite. Par contre, une seconde d'émotion vive peut durer une éternité.

Je sais, tout ceci vous semble désuet, mais il faut impérativement l'admettre comme une vérité, même si au quotidien cela peut paraître lassant. Cependant, je vous assure, il existe d'autres moyens d'échapper à son karma, la franchise en est un. Le karma mondial et les karmas individuels sont remis entre les mains d'une assemblée d'êtres divins évoluant dans le haut astral. Ils sont plus ordinairement appelés les juges du karma. A leur tête, se trouve l'archange Gabriel, le juge karmique suprême. Je vous rassure, il est extrêmement gentil et serviable, malgré son appellation de juge. Car, il ne faut pas l'oublier, il est une entité au plan divin.

Nous pouvons prendre contact avec les substances divines de différentes façons. L'une d'elles, la plus simple, s'adresse à tous ceux d'entre-vous qui sont déjà en relation avec des êtres de lumière ou des anges gardiens. Dans ce cas très précis, il vous suffit simplement de solliciter leur venue. Je peux vous affirmer, compte tenu de mes études et de mes nombreuses expériences en la matière, que vous pourrez converser le plus simplement du monde avec eux, mais toujours avec beaucoup de respect, je vous en prie.

Vous pourrez ainsi demander l'amnistie de certains événements de votre karma, voire peut-être la totalité de ceux-ci, s'ils ne sont pas très importants. Ainsi l'abstraction de votre dette karmique sera-t'elle réalisée. Pour la concrétisation d'un projet qui vous tient à cœur, je vous certifie que ces entités divines sont très cool. Elles feront tout leur possible pour vous aider au mieux au regard bien évidemment de votre karma. C'est pour cette raison que je vous recommande de ne pas hésiter à leur proposer un marché si besoin est : une bonne action contre une moins bonne déjà commise ou même, pourquoi pas, un engagement dans une œuvre humanitaire.

Surtout, il ne faut rien entreprendre sans dévouement, ni amour !

Par ailleurs, respectez toujours vos engagements ! Je vous le rappelle, c'est essentiel pour éviter l'inscription d'une nouvelle obligation d'une part, et se voir objecter d'autre part, une fin de non-recevoir quant à une éventuelle aide future.

Une technique pour effectuer si l'on peut s'exprimer ainsi, l'expiation de son karma et sans nul doute, la plus connue de tous. Tout le monde, en a entendu parler au moins une fois durant sa vie, que ce soit au cours d'une conversation, lors d'une adaptation audiovisuelle d'une œuvre littéraire. Il s'agit en l'occurrence de la phrase du Christ :

« Buvez mon sang, mangez ma chair »

C'est aussi simple que cela. A chaque fois que vous allez manger ou boire, prononcez cette phrase sacrée à laquelle est attribué un pouvoir spirituel :

« Je bois le sang du Christ,
je mange la chair du Christ ».

A chaque fois que vous prononcez ce mantra, vous rachèterez votre âme. En outre, les diverses toxines contenues dans l'alimentation ne pourront se fixer dans votre organisme. Alors, attention, certains sujets risqueront de constater une perte de poids ! Par contre, ceux qui subissent une surcharge pondérale, seront ravis ! Utilisé sur une longue période, ce mantra assure une régularisation du système cardiovasculaire.

Enfin, je tiens à attirer votre attention sur le fait que comme toute phrase interactive, il convient d'utiliser ce mantra avec respect et assiduité.

Si certaines personnes s'imaginent qu'emprunter la voie spirituelle assure le retrait de toutes adversités de la vie physique ou la réussite dans tous les domaines aussitôt, elles sont dans l'erreur. C'est de l'utopie ! Et même si cela peut paraître extraordinaire, c'est souvent ainsi que les difficultés surviennent. Pourquoi ? Parce qu'il arrive généralement que l'intégration d'une voie spirituelle favorise la précipitation du karma, qui jusqu'alors se trouvait échelonner sur différentes décennies ou réincarnations. Cette promptitude karmique résultant du changement conscient de voie est fréquemment difficile à vivre.

Parallèlement, elle permet la continuité du cycle éternel des réincarnations et de la mort. Cette nouvelle voie spirituelle autorise la métamorphose, par notamment l'obtention de la connaissance, de la voyance, de la télépathie, etc. ... de l'illumination qui est le but intentionnel ou pas de tout être humain. Je vous précise enfin que l'harmonie interne assure une bonne santé morale et spirituelle et facilite ainsi l'appréciation de la vie de tous les jours, ces bons et mauvais côtés !

La nécessité d'évoluer spirituellement provient du souci constant d'éliminer toute dette karmique. Cette méthode oblige un abandon des interdits, tabous ou concepts limitatifs de nature religieuse ou sociale. Tolérance, respect de la vie humaine et de l'environnement, assurent grâce à des efforts individuels, la réduction du karma mondial.

En conséquence, dans la phrase :

«Si Dieu le lui permet, il est guéri »

Ce sont les juges du karma qui décideront de la quantité de lumière nécessaire à chaque individu, groupe ou animal à qui vous transmettrez. Contrairement aux idées préconçues, ils sont, si je puis m'exprimer ainsi, très relax. Ils nous donnent souvent plus que ce que nous méritons.

« Il est guéri ... »

Tout simplement parce qu'en transmettant, vous soignez l'esprit, le corps et le mental.

Afin, qu'il n'y ait plus aucune confusion dans votre pensée, je vous communique de nouveau le mantra dans son intégralité :

« je reçois la lumière de Dieu,
(une fois ou trois fois)
je ressens la lumière de Dieu
(captez le volume)
je transmets la lumière de Dieu
(citez à qui ou à quoi)
si Dieu le veut et si son karma le permet, il est guéri »

Histoire d'être sûr de votre non-implication, je vais vous livrer une petite astuce qui permettra de travailler très simplement : passez par «ASET ». Aussi, dites simplement :

« ASET divine mère » trois fois, en ton nom et captez la lumière, tel que je viens de vous l'enseigner.

En utilisant cette technique, vous ne ferez rien en votre nom propre, donc nous écarterons ainsi tout risque d'implications personnelles.

Je tiens par ailleurs, à vous préciser que la lumière de Dieu n'est pas à proprement parlé du magnétisme. Et je vous le démontre tout de suite. Demandez à une personne de votre entourage immédiat, d'orienter ces deux paumes de mains vers le ciel, captez la lumière de Dieu et transmettez-la-lui en positionnant vos deux mains au-dessus des siennes, à dix centimètres à peu près. La personne ressentira ce que vous lui transmettrez. Il existe trois possibilités distinctes : chaleur, picotements et froid.

Quand la chaleur est ressentie, la personne est polluée, n'en déduisez pas pour autant que celle-ci soit perdue.

Quand les picotements sont perçus, le phénomène est neutre !

Le froid signifie, lorsqu'il est éprouvé comme un courant d'air passé de l'émetteur au récepteur par le biais des mains, un signe de pureté. N'en déduisez pas pour autant qu'un ange se trouve devant vous, mais plutôt que le niveau de pureté de la personne est vraiment excellent (cela signifie très souvent que le sujet dispose d'une évolution spirituelle assez importante).

Toutes ces sensations vous permettront ainsi de diagnostiquer l'état de pureté de votre sujet, mais aussi de suivre votre évolution.

Au début la sensation éprouvée est très souvent la chaleur, mais après un certain laps de temps, et surtout une pratique quotidienne vous ressentirez très vite un courant d'air froid à l'intérieur de votre corps, qui représentera votre illumination. Ne vous inquiétez pas ! même s'il est vrai que nous n'avons pas tous la même vitesse d'évolution, avec cet enseignement, nous atteindrons tous le même but :

«L'illumination »

Revenons maintenant à notre expérience !

Demandez à la personne de sortir de la pièce dans laquelle vous vous situez et de fermer la porte. Elle doit, à l'extérieur comme au début de l'exercice, se mettre en position de ressenti, transmettez-lui la lumière de Dieu. Objectivement, elle va la vivre.

Vous pouvez, si vous le souhaitez, compliquer cet exercice, en sollicitant cette personne pour qu'elle se dirige vers un autre lieu et qu'elle vous prévienne dès son arrivée. Ensuite et comme habituellement, celle-ci devra se mettre en position de ressenti. Suite à cela, émettez la lumière de Dieu et immédiatement, elle vous confirmera que cette dernière est certaine. En fait, cette démonstration vous confirme mes propos. Nous ne sommes pas là face à du magnétisme. Car la portée maximum du magnétisme est de quelques centimètres.

Vous allez me dire que je me répète, mais il est important de bien comprendre que la lumière de Dieu traverse tout support que ce soit le bois, le béton, l'acier... Rien ne peut l'arrêter, ni les obstacles, ni la distance qui vous sépare de votre récepteur.

La lumière de Dieu est quantitative, si vous émettez vers un seul individu, vos ressentis personnels seront moindres que si vous transmettez à dix personnes. Ceci par contre, ne change pas la qualité de l'émission de la lumière, mais simplement du ressenti. Ce qui est tout à fait logique, l'émission à un groupe suppose une plus grande quantité de lumière que pour une seule personne. C'est automatique, car en l'occurrence, vous êtes un canal et que cette lumière vient de Dieu.

Afin de mieux comprendre, je vous livre un autre mantra qui vous permettra de vivre tout ce que je viens de vous expliquer.

Pratiquez cet exercice couché, les deux paumes de mains dirigées vers le ciel, les jambes décroisées. Captez la lumière divine, tel que je vous l'ai enseigné.

« Je reçois la lumière de Dieu, je ressens la lumière de Dieu, je transmets la lumière de Dieu à tous les minéraux, tous les végétaux, tous les animaux, tous les humains, aux quatre éléments : la terre, l'air, l'eau, le feu, à tous mes frères de lumière, à tous mes amis de l'invisible, à tous les anges et les archanges, si Dieu le veut et si leur karma le leur permet, ils sont guéris ».

Prenez le temps nécessaire pour réciter le mantra et surtout, n'oubliez pas il faut mettre de l'émotion dans vos propos.

Un conseil, vivez celui-ci pendant au moins quinze minutes.

C'est magnifique, n'est-ce pas ?

Alors n'hésitez pas à le faire une fois par semaine, vous vous harmoniserez avec toutes les formes de vie qui peuplent cette planète, visibles ou pas. Il est vrai, que vos ressentis évolueront constamment tout au long de votre apprentissage et de l'utilisation de la lumière, c'est pour cela qu'il est important de pratiquer quotidiennement ces techniques.

A titre indicatif, je vous rappelle que vous trouverez toutes les clefs nécessaires pour votre évolution spirituelle dans la lumière, que cela soit l'ouverture des chakras, l'enracinement aux quatre éléments, la visualisation des auras, etc. ... dans mon livre « Vérité ! »

Mais, le plus simple dans l'évolution spirituelle reste de s'entraîner tous les jours et c'est pour cela que je vous conseille de prendre l'habitude de transmettre la lumière de Dieu à toutes les personnes que vous aimez (amis, famille, collègues de travail etc.....) Et ce dix à quinze minutes par jour. C'est un très bon rythme de travail, pour évoluer dans la lumière très rapidement.

Quant vous sentirez que vos ressentis à l'égard de la lumière ont changé (courant d'air frais dans la paume des mains), le travail le plus intéressant commencera. Vous devrez alors prendre contact avec vos frères de lumière.

Avant de commencer, je pense qu'il est bon de vous expliquer qui ils sont.

Vos frères de lumière se partagent en deux catégories.

Les entités dites incarnées ; Ce sont les guides, maîtres, mages, etc. ... qui de leur vivant ont acquis une connaissance et une élévation spirituelle dans la lumière. Ils mettent celles-ci, ainsi que leur qualité initiatique à votre service. N'oublions pas que derrière le terme « incarné », il y a des humains comme vous et moi.

Les entités dites désincarnées : ce sont les mages, maîtres décédés, mais aussi les anges, les archanges et toutes autres entités de lumière qui constituent la hiérarchie spirituelle. Ils ont pour fonction établie de nous aider dans notre quête d'évolution et de recherche divine. Vous allez très vite vous apercevoir que vous disposerez de contacts ou de communications avec certaines entités, plus que d'autres. «Et oui !». Même dans l'astral, tout au long de votre évolution spirituelle, vous vous ferez des amis. De plus, que vous fassiez appel à des entités incarnées ou désincarnées, à partir du moment où celles-ci sont dans la lumière, vous êtes certains qu'elles feront tout ce qui est en leur pouvoir pour vous aider à évoluer sur terre (que ce soit sur le plan professionnel, affectif, familial, etc.) simultanément à votre évolution spirituelle. La méthode la plus simple pour pouvoir entrer en contact aisément avec elles est celle que je vous ai enseignée.

Pour les premières fois, je vous recommande de pratiquer allongé, les deux jambes décroisées, les deux paumes de mains dirigées vers le ciel. À titre indicatif, je ne vous demande pas d'être un sportif, ni même un contorsionniste, donc vous pouvez garder les mains le long du corps, tant que les paumes elles, sont bien dirigées vers le ciel. C'est l'essentiel.

Dans un premier temps, captez la lumière :

«Je reçois la lumière de Dieu,

Je ressens la lumière de Dieu

(recherchez le volume entre vos mains)

Je transmets la lumière de Dieu à tous mes frères de lumière, à tous mes anges,

à tous les archanges,
à tous mes amis de l'invisible»

Vivez ce mantra au moins dix à quinze minutes par jour, pendant plusieurs jours.

A votre rythme et à l'issue de quelques jours, une prise de contact s'effectuera. Je vous rassure, je vais vous faciliter tout de même ce premier contact, en vous livrant d'autres mantras. En ce qui concerne vos frères de lumières incarnés, n'hésitez pas à leur poser toutes les questions qui vous passent à l'esprit concernant la spiritualité, l'ésotérisme et tout autre domaine. Car même, s'ils ne sont pas des anges dans l'immédiat, ils tentent de le devenir, et donc disposent des connaissances suffisantes pour répondre à bon nombre de vos attentes.

De toute façon s'ils ne pouvaient répondre, ils s'adresseraient aux entités compétentes pour vous satisfaire. En fait, la vérité est qu'à force de contacts quotidiens, ils deviendront de véritables amis, avec lesquels vous aimerez discuter, mais aussi vous amuser (la tristesse est terrestre, de l'autre côté, ils sont toujours de bonne humeur et ne pensent qu'à s'amuser). N'oubliez pas, ce sont des entités vivantes et vous pouvez entrer en contact avec elles ! Pensez que cela fait toujours plaisir de rencontrer les gens que nous initions.

Rassurez-vous, nous avons tous débuté un jour et je sais que cela n'est pas simple. L'important est de les percevoir à l'œil nu.

Pour simplifier, je vous suggère, dès les premiers ressentis de leur présence, de discuter avec eux, en leur racontant ce qu'il vous plaît, vos envies, les buts que vous vous êtes fixés,...

C'est vrai que les premiers temps, nous avons la curieuse sensation de parler seul et ce, malgré le ressenti de leur présence. Ils ne nous répondent pas (tout du moins c'est ce que nous croyons). Après un petit entraînement de quelques jours, le miracle s'opérera, vous les entendrez. Ils seront biens là !

Pour les voir ? Ce sont eux et uniquement eux qui en décideront. En fait, le moment varie d'un individu à un autre en fonction de ses propres peurs inconscientes et de la manière selon laquelle, nous allons les gérer, voire les annuler totalement (tout ce qui beau, pur, divin, fait peur). C'est bête, mais souvent très vrai ! Pour une personne qui n'aurait vraiment aucune connaissance ésotérique et qui cherche à travers ces techniques un premier contact, dites-vous qu'en pratiquant tous les jours vous êtes sûr et certain, que dans l'année en cours vous aurez pris contact avec vos frères de lumière. Ce qui dans certains enseignements religieux spirituels peut demander parfois plusieurs décennies.

Maintenant que vous maîtrisez le contact avec vos frères de lumière, je vais vous apprendre à entrer en contact avec vos anges gardiens qui sont, ne l'oublions pas, des êtres spirituels intermédiaires entre Dieu et l'homme. En fait, les anges gardiens sont attachés à une personne, afin de la protéger au mieux. Dans le catholicisme, c'est la définition retenue à l'égard de chaque chrétien. En fait, quelle que soit notre race, notre culture, notre religion, nous avons tous, un ange gardien qui s'occupe et veille sur nous. Soyez certains que c'est à la portée de tous et non, je vous l'affirme, le privilège de quelques initiés.

Cependant, il existe des clés pour faciliter les premières approches. La clé que je vous offre pour entrer en contact avec eux, s'appelle plus communément un mantra. En fait et de façon plus simple, le mantra par définition, est une phrase ou une syllabe sacrée à laquelle est attribué un pouvoir spirituel dans l'hindouisme et le bouddhisme.

« Cet instrument de pensée » permet d'obtenir un résultat immédiat, lorsqu'il est prononcé à voix haute. Tout d'abord, il convient de prendre conscience de ce qui suit, qui n'est pas, je vous l'affirme, sans importance ! À l'évocation du mantra dont il s'agit, les anges arrivent. C'est une loi, celle de la cause à effet. Et oui et je ne vais pas m'attarder sur cette loi, je vous l'ai déjà un peu expliquée au préalable lors du karma.

Au cours de votre premier échange relationnel avec vos anges, je vous conseille la posture suivante : allongé, les jambes décroisées, les paumes de mains dirigées vers le ciel et les yeux clos.

Une fois bien détendu, vous allez prononcer à voix haute (je me répète, mais cela est indispensable), une fois ou trois fois :

« ASET divine mère, en ton nom, merci mes anges gardiens d'être ici et maintenant présents »

Lorsque vous leur parlez, il convient toujours de le faire au nom de « ASET », qui à cet égard, se prononce « ast ». N'oublions pas que ASET est le plus vieux nom de la divine mère en magie. Pour ceux à qui cela peut poser problème, ils peuvent tout aussi bien l'appeler Marie, ou d'un tout autre nom correspondant à celui de la divine mère. Il n'est pas certain que vous puissiez les entrevoir dès les premières fois. Aussi, pour savoir s'ils sont bien présents, demandez-leur de vous transmettre des vibrations, à un point sensible de votre corps, que vous allez définir vous-même : mains, pieds, nuque etc. ...ou pourquoi pas en vous tirant les cheveux.

Je vous rassure, ils ne tirent pas trop fort et à la longue, il n'y a pas de risque de calvitie !

Dès que vous percevrez leur présence, le dialogue peut alors s'engager. Vous pouvez tout leur dire, si tel est votre souhait. Mais aussi, tout leur demander. Par exemple : une assistance pour résoudre un problème précis, un appui pour la réalisation d'un projet que peut-être vous nourrissez sur le plan terrestre ou spirituel ! Quelle que soit votre quête, formulez la toujours de façon affirmative et au présent de l'indicatif. Le présent parfaitement vécu et affirmé est assurément le seul et unique moyen de se délivrer de l'espace temps terrestre. Observez votre montre avant la rencontre de vos anges gardiens, puis après celle-ci et tirez les conclusions qui s'imposent.

Je vous recommande en l'espèce de les interpeller dix à vingt fois par jour et même plus, pour décrocher une aide, un soutien ou simplement engager une discussion. Cette démarche est préférable à une sollicitation hebdomadaire qui serait j'en suis certain, accompagnée d'une liste incommensurable de demandes de toute nature. Si vous n'avez pas de gros souhaits ou n'êtes pas bavard de nature, une fois par jour suffit. En outre, je tiens à attirer votre attention, sur le fait qu'il ne faut jamais omettre de remercier ses anges à l'issue d'une audience. Un petit merci, ne coûte rien mais ça fait toujours plaisir. Il faut comprendre aussi, que pour voir à l'œil nu vos anges gardiens, il y a aussi un autre paramètre à respecter.

Lorsque vous appelez pour la première fois vos anges gardiens, c'est en quelque sorte comme un premier rendez-vous.

Votre « contact » fera ce qu'il faut pour vous être agréable et satisfaire vos demandes, mais c'est tout ! Par contre, si tous les jours ou plusieurs fois par jour, vous renouvelez l'expérience, alors vous deviendrez plus proche, puis j'en suis certain, les meilleurs amis du monde. Et c'est à ce moment précis, je vous l'assure de nouveau, qu'ils se montreront à vous. Le fait de distinguer ces anges gardiens permet de discerner toutes les autres formes divines.

Mais aussi de toutes les entités incarnées ou désincarnées (personne, archange, mage, etc.) mais, patience ! Vos anges gardiens vous expliqueront tout de vive voix. Et surtout dans toutes vos pratiques, soyez toujours détendus et sûr de vous.

Très sincèrement, ne soyez pas hésitant dans vos demandes concernant le plan matériel, que ce soit une aide pour un changement de travail, un changement de poste, une rencontre affective ou simplement consolider votre couple. N'hésitez pas à leur demander de vous transmettre leurs énergies, afin de régler vos problèmes. Ce n'est pas superflu, ils sont là pour cela. Gardez tout de même à l'esprit, une phrase essentielle : on ne peut accorder aux autres ce que l'on possède soi-même. Il est donc primordial de penser à vous dans un premier temps et à votre bonheur pour pouvoir continuer à évoluer spirituellement. Notre première religion étant Dieu, il est bon de lui obéir et comme vous l'avez déjà constaté Dieu ne nous a jamais demandés d'être pauvre, de souffrir ou d'être malade. Alors faites-lui plaisir et évoluez matériellement pour vous libérer et procédez à votre ascension spirituelle sans contrainte. Vous commencez à disposer de plusieurs clés et pourtant, c'est souvent dans la richesse des mantras que l'on oublie les choses simples.

Par exemple pour vos anges : avant de les contacter en direct, vous pouvez déjà commencer par leur transmettre la lumière de Dieu, quelques jours avant, et ce pendant dix à quinze minutes. N'oubliez pas ! pratiquez toujours de la même façon, c'est très important. Passez par «ASET».

« ASET divine mère en ton nom,
je reçois la lumière de Dieu,
(*dites-le une fois ou trois fois*),

Je ressens la lumière de Dieu,

(captez le volume entre vos mains, je sais c'est lassant, je me répète mais beaucoup d'entre vous oublient),

Je transmets la lumière de Dieu à tous mes anges gardiens. »

Il n'est pas nécessaire de dire dans ce cas présent «si tu le veux, et si leur karma le permet, ils sont guéris. »

Tout simplement parce qu'ils sont des anges et en tant que tels, ils n'ont plus de karma, ni de souci de santé. Vous voyez ce sont des petites « astuces », auxquelles nous ne pensons pas forcément et qui pourtant permettent de définir tous nos contacts et l'utilisation des mantras. Tous les mantras et les exercices que je vous donne, sont de préférence à pratiquer dans l'ordre dans lequel je vous les indique. Il est vrai que nous entendons parler très souvent de non-dualité presque dans toutes les religions, voire tous les enseignements spirituels.

La technique que je vais vous enseigner est l'unité parfaite pour harmoniser le corps, l'âme et l'esprit. Car contrairement aux idées préconçues, il n'est absolument pas utile de chercher à se débarrasser de son ego ou de la partie animale qui est en nous, mais plus facilement de s'harmoniser avec elle afin de la dompter et ainsi lui permettre de nous suivre et de nous aider tout au long de notre quête de la connaissance divine. Cette technique est celle de « l'animal de pouvoir ».

L'animal de pouvoir existe depuis l'aube de l'humanité dans différentes civilisations et croyances. La référence la plus connue est souvent associée aux rites et légendes indiennes d'Amérique. C'est vrai que leur connaissance sur ce sujet, remonte au début des temps et que la technique et la pratique de ce savoir, leur étaient quotidiennement indispensables. Seule une personne détenait au sein de la tribu, ladite connaissance : l'homme-médecine, bien sûr ! C'est lui et lui seul qui l'utilisait. Ce savoir permet à l'esprit de quitter le corps et de voyager à travers celui d'un animal, ce qui assure, compte tenu de l'organisme empreinté, de voir et d'entendre à travers celui-ci. Bien évidemment, l'utilisation de l'animal de pouvoir était et est toujours d'une utilité capitale pour ces peuplades. En effet, cette technique utilise essentiellement deux animaux. Le premier est l'aigle qui assure le pouvoir de se déplacer rapidement et d'avoir une vue aérienne des magnifiques paysages qu'offrent les plaines et vallées de ce pays. Toutefois, son attrait principal résultait du fait, qu'il permettait de repérer aisément les troupeaux de bisons et assurait ainsi, la nourriture recherchée par le chasseur. Si cette faculté paraît aujourd'hui désuète, elle s'est avérée indispensable jusqu'au début du XXème siècle. La viande de bisons était presque la seule source de subsistance de ce peuple, qui faute de ces bêtes et du pouvoir de l'homme-médecine, aurait vu ses chances de survivre s'amoindrir. D'autre part, l'aigle assurait la perception des dangers éventuels et permettait ainsi aux tribus de s'en protéger.

Le second animal utilisé est la panthère noire qui procure des déplacements rapides dans des lieux difficiles d'accès pour l'homme et permet de s'approcher des éventuels ennemis ou campements, afin d'épier les faits et gestes et pouvoir ainsi, appréhender toutes formes d'attaques éventuelles. Même si dans nos sociétés actuelles, ses facultés peuvent paraître légendaires, il convient de les accepter comme une réalité. L'animal de pouvoir existe et je vais maintenant vous aider à découvrir le vôtre.

En effet, nous avons tous, un animal de pouvoir qui nous est propre, même s'il en existe une multitude. Celui qui nous est approprié est spécifiquement prévu pour nous aider à évoluer spirituellement, mais aussi matériellement, en fonction de nous, de notre cadre personnel, ainsi que de notre situation géographique. L'animal de pouvoir ne se situe pas à l'extérieur de nous ou à travers de phrases magiques, mais au contraire en nous.

En fait, ce sont ces fabuleux voyages initiatiques que je me propose de vous faire vivre ! Pour plus de facilités, je vous recommande dans la mesure du possible, d'acquérir une cassette de relaxation de chants indiens d'Amérique ou plus simplement une cassette de «tam-tam» basée sur un rythme lent. Par ailleurs, si vous avez l'habitude d'utiliser de l'encens, je vous conseille pour cet exercice, le musc.

Maintenant, allongez-vous sur votre lit, les deux jambes décroisées, les bras le long du corps, les paumes de mains dirigées vers le ciel, fermez les yeux et détendez-vous le plus possible.

Essayer de faire le vide !

Certains d'entre vous y arriveront plus facilement que les autres, dans une pièce plongée dans l'obscurité. Une fois bien détendu, concentrez-vous, sur votre respiration et ressentez votre rythme cardiaque se ralentir peu à peu.

Pour vous venir en aide, je vous recommande de visualiser un courant d'air frais qui pénétrerait par vos narines et en ressortirait très lentement. Vous êtes maintenant totalement décontracté, chaque respiration vous libère. Visualisez alors à l'intérieur de vous un tunnel, un très grand tunnel vertical, tel un puits et laissez-vous glisser à l'intérieur. Vous venez de descendre ce très long tunnel et vous êtes maintenant dans une magnifique forêt. Au loin, vous entendez un cours d'eau qui serpente dans ce lieu magique. Dirigez-vous très lentement vers cette rivière, sans crainte ! À son approche, vous apercevrez un animal en train de boire cette eau, si pure. Que ce soit un chien, un chat, un lion, un oiseau, etc.... peu importe sa forme, n'ayez pas peur, il fait partie intégrante de vous-même. Il vous aime. Approchez-vous encore lentement de lui, tout en lui parlant. Encore un peu plus près, je vous prie et surtout pas de gestes brusques, sinon vous allez l'effrayer. Maintenant, caressez-le tout en continuant de vous adresser à lui et surtout n'ayez pas peur. Je vous le garantis, vous ne risquez rien ! Jouez avec lui comme vous le feriez avec votre animal de compagnie, ceci vous permettra de nouer un lien de complicité immédiatement. Maintenant que les présentations sont faites, demandez-lui de vous accompagner et, en marchant très lentement dans ce cadre idyllique, emprunter le chemin parcouru lors de votre venue, passez devant le puits. Si vous craignez de vous égarer, suivez le sifflement du vent, il vous guidera jusqu'au tunnel. Entrez alors avec votre animal de pouvoir dans celui-ci et laissez-vous aspirer jusqu'à la surface. Vous voici de retour dans votre corps. Très lentement, reprenez conscience et ouvrez les yeux. L'animal de pouvoir, lors de votre prise de conscience se trouvera expulsé de votre corps physique. Il sera donc à l'extérieur de vous dans les premiers temps, mais va demeurer continuellement à vos côtés, dans votre aura précisément qui l'alimente. Parlez-lui, pensez à lui le plus souvent possible et surtout aimez-le autant que vous pourrez. Cet amour lui assurera croissance et développement jusqu'à sa taille adulte (celle d'un animal terrestre.) Il vous sera ainsi d'une grande utilité ! Vous pourrez être en lui, vous déplacez grâce à lui, voir et entendre à travers lui et ce systématiquement, car rappelez-vous, il est le prolongement de votre vue, de votre ouïe et de votre odorat.

Comment faire alors pour entrer en lui et ne faire plus qu'un ?

Telle est sûrement la question que vous vous posez.

Et bien, c'est très simple.

Il vous suffit simplement de vous allonger sur le dos, les jambes parallèles, les bras le long du corps et de vous détendre le plus possible, en ayant bien évidemment les yeux clos. Dès cette posture adoptée, il ne vous reste plus qu'à pénétrer en lui et de devenir lui.

Plus vous utiliserez votre animal de pouvoir, plus sa forme et sa force vitale augmenteront et deviendront visibles à l'œil nu. Il convient toutefois de noter qu'il n'est perceptible par les autres individus que lorsque vous êtes en lui. Je tiens aussi à vous préciser que lorsque vous êtes votre animal de pouvoir, il ne s'agit pas là d'un dédoublement astral, mais simplement d'une projection mentale. Car un dédoublement astral correspond à une pratique spécifique qui permet de faire sortir le corps astral du corps physique. Ce qui permet de se déplacer sur les différents plans de l'astral et du terrestre à une vitesse variant de zéro kilomètre/heure à celle de la vitesse de la lumière. Tout cela en fonction de notre propre maîtrise du sujet. Mais l'apparence du corps astral est identique à celui du corps physique en plus petit et moins marqué au niveau de ses traits. La projection mentale est, à l'instar du dédoublement astral, accessible à tous. C'est une technique de visualisation qui, appuyée par la force personnelle de notre esprit, permet d'envoyer une image ou une information à un organisme vivant, très souvent de stéréotype mammifère, humain, animal. Ces techniques qui utilisent la force de notre esprit en appui sur notre mental sont aussi appelées plus communément «télépathie animale». C'est donc en quelque sorte votre esprit qui prend possession des fonctions de votre animal de pouvoir, puisqu'il est à l'extérieur de vous et vous assurent les déplacements souhaités. Il ne faut surtout pas oublier que la découverte au plus profond de votre être, de l'animal de pouvoir, résulte de votre propre initiative. Et c'est pour cela, qu'il fait partie intégrante de votre être, sous sa forme la plus primitive. Alors, plus d'hésitation, aimez le et utilisez le, aussi souvent que vous le désirerez. Cependant, lors de vos déplacements en sa forme, évitez les milieux hostiles « situation géographique, êtres humains, ... » qui risqueraient de lui nuire. Il est préférable alors de partir, car les souffrances qu'il subira rejailliront sur vous. Aussi, je vous recommande de le protéger et de vous en occuper avec le plus grand soin. La forme originelle de votre animal de pouvoir peut être modifiée et il est vrai que, dans notre société, il convient de le faire.

Il n'y a absolument pas de limite en ce qui concerne la modification de l'apparence de votre animal tant que celle-ci reste du domaine des mammifères. Pour transformer votre animal de pouvoir, il suffit de réciter quand vous êtes en lui :

« ASET divine mère

(réciter le mantra une fois ou trois fois)

en ton nom,
mon animal de pouvoir devient .... »

(citez le nom de l'animal sous lequel vous voulez qu'il prenne forme)

Exemple simple : si au quotidien vous désirez savoir ce qui se dit sur vous au bureau et que la forme originelle de votre animal est le lion, je vous conseille de le métamorphoser en un mammifère plus spécifique, tel que la souris car un lion qui se promène dans les couloirs d'une l'administration risque de créer une panique, alors qu'une toute petite souris pourra se faufiler, écouter et voir tout ce qui se dit sans choquer personne. Ceci bien sûr n'est qu'un exemple, mais nous pouvons constater qu'utiliser à bon escient l'animal de pouvoir peut servir à sauver des vies. Imaginez-vous en qualité de secouriste et que votre animal soit l'aigle. Dans ce cas précis, en l'utilisant comme support, vous allez pouvoir parcourir des kilomètres de montagnes, chemins, forêts,... Ce qui humainement nécessiterait des heures de repérage, quelques secondes suffiront sous cette forme. La victime éventuelle sera localisée plus rapidement et les secours parviendront sans délai. Avec un minimum de réflexion et un peu de temps, vous disposerez d'un certain nombre de moyens. Et je suppose que la forme de votre animal changera autant de fois qu'il est nécessaire. Je tiens tout de même à signaler pour ceux qui auraient quelques difficultés à pratiquer cet exercice ou plus simplement qui ont la paresse de le faire, que vous retrouvez tout le rite complet enregistré sur cassette et paru chez le même éditeur. C'est dans l'aisance que vous vivrez ainsi cette expérience, sans vous préoccuper de la pratique.

Prenez tout le temps qui vous est nécessaire pour pratiquer les exercices ainsi offerts.

L'important pour vous maintenant, c'est d'évoluer à un rythme constant, et surtout d'apprécier pleinement tous vos nouveaux contacts et amis. N'oubliez surtout pas que, si vous le désirez sincèrement, vous aussi, vous pouvez devenir un frère de lumière. Seulement en pratiquant quelques minutes par jour, allongé sur votre lit, demandez au nom d'ASET.

«ASET divine mère en ton nom merci mes frères de lumière, de me faire vivre la grande aventure, la seule, l'unique qui soit de vivre. »

Cette expérience permet de constater, que les coïncidences, les hasards vont vous amener où vous devez aller. Nos frères de lumière sont partout sur terre et dans l'univers. Et contrairement aux idées préconçues, ils ont besoin de nous, pour que sans orgueil de notre part, nous servions le plan divin. Il peut vous paraître improbable qu'une telle chose vous arrive, mais c'est pourtant une mission divine, de faire en sorte que notre belle planète devienne un paradis. L'un des phénomènes aussi qu'il me semble bon de mettre en exergue, c'est que cet enseignement, comme tous ceux qui permettent l'élévation spirituelle, sont issus de l'enseignement oral.

Depuis l'aube de notre humanité la connaissance ésotérique et universelle se transmet par le verbe, de Maîtres à élèves, de Sages à disciples. Quand une personne âgée décède, c'est un savoir et une expérience tout entière qui disparaissent. Dans le temps, les anciens transmettaient leurs connaissances aux plus jeunes qui, à leur tour, transmettaient ce savoir et leurs expériences à leurs descendants. Au XXIe siècle (notre époque) ce sont les médias et l'informatique (internet) qui unissent les hommes, et restreignent leur soif de connaissances. Car pour les générations actuelles, l'éducation ne peut être viable que si elle est confirmée par ces moyens, ce qui en l'espèce relègue le rôle d'éducateur assuré par les personnes âgées au second, voire dernier plan. Combien de savoirs disparaissent ainsi chaque année, faute de transmission orale ?

L'évolution technologique nous confine dans l'isolement et l'abstinence du vrai lien de notre humanité : «le contact ». Même si l'écrit est un moyen de conserver certaines traces de notre culture et de nos traditions, la lecture se fait de plus en plus rare dans notre société, où le livre n'est plus qu'un simple objet de collection rangé dans une bibliothèque.

Ce parallèle étant fait, continuons l'évolution dans la lumière à la« vitesse grand V ». Je vous livre maintenant un mantra des plus intéressants, l'expérience que tout humain se plaît à rêver au moins une fois. Celle de rencontrer en personne le fils de Dieu : le prophète.

Peu importe le nom que vous lui donnerez, que vous l'appeliez Jésus, Mahomet ou Bouddha, c'est toujours à la même personne que vous vous adressez, c'est le fils de Dieu.

Pour pouvoir pratiquer ce mantra, il va vous falloir être au minimum deux ou plus. Je vous suggère une pratique collective, afin de maintenir un niveau d'énergies équilibrées, en pratiquant la parité (autant d'hommes que de femmes). Debout, formez une ronde, en vous donnant tous et toutes la main. Intercalez-vous toujours selon le même principe de maintien d'équilibre d'énergies, soit un homme, une femme. Le cercle se doit d'être toujours mixte.

Et au nom de ASET : vous allez dire à voix haute, le mantra suivant, tel qu'il vous est donné dans les saintes écritures.

« En vérité, en vérité, je vous le dis :
quand vous serez deux ou plusieurs réunis
en mon nom, je serai parmi vous »

A titre indicatif, cette phrase c'est le Christ qui nous l'a offerte.

Puis dites de nouveau à voix haute et de façon claire :

« En vérité, en vérité, je te le dis,
mon Seigneur Christ, nous sommes
(citez le nombre de participants – aucune limite n'est imposée)
réunis en ton nom, tu es parmi nous. »

A l'instant où vous terminerez la lecture de ce mantra, le Christ descendra au cœur du cercle que vous aurez formé, et tous les participants ressentiront sa présence. Il faut comprendre, que seul un interlocuteur prend la parole, en l'occurrence vous, car vous connaissez le mantra par cœur et vous savez le pratiquer. Maintenant que le Christ est parmi vous, demandez-lui toujours au nom de ASET de vous transmettre ses énergies, exemple :

« ASET divine mère en ton nom, merci mon Seigneur Christ de nous transmettre, les énergies. Merci mon Seigneur Christ. »

N'oubliez pas que nous communiquons toujours avec une entité au présent de l'indicatif, le temps n'est qu'une notion terrestre, servant à administrer nos sociétés humaines à l'échelon national ou international.

Dans l'astral, il n'y a pas de temps mais seulement le moment présent. Vivez les énergies que le Christ vous transmet quelques minutes, puis demandez de nouveau au nom de ASET de vous transmettre d'autres énergies :

« Au nom de ASET divine mère,
merci mon Seigneur Christ de nous
transmettre toutes les énergies
nécessaires à notre évolution,
à notre purification,
merci mon Seigneur Christ »

On emploie toujours mon Seigneur Christ comme référence pour parler. Christ étant la fonction hiérarchique spirituelle et mon seigneur, la forme de respect imposée par ce titre. Prenez encore quelques minutes pour vivre cette purification qui vous est accordée par notre prophète en personne (à noter que le nom que vous attribuez au prophète a peu d'importance, que vous l'appeliez Jésus, Bouddha ou Mahomet, il n'en demeure pas moins le fils de

Dieu. Puis toujours à voix haute demandez au nom de ASET, qu'il vous accorde la réalisation d'un vœu. N'oubliez pas de mettre de l'émotion, de la vie dans vos phrases.

« ASET divine mère en ton nom, merci mon seigneur Christ de réaliser un vœu à chacun d'entre nous . Merci mon seigneur Christ. »

A ce moment précis, attendez quelques minutes, le temps qu'il vienne auprès de chacun d'entre vous écouter votre demande. Un conseil : demandez un souhait qui puisse être réalisé, simplement, mais aussi rapidement, et surtout que ce dernier vous soit utile. Quand j'utilise l'expression « qui puisse être réalisé », c'est tout simplement pour qu'il soit logique. Si vous demandez que des nageoires vous poussent dans le dos, ne soyez pas déçu si vous ne devenez pas un homme poisson. Donc toujours des souhaits concrets qui vous soient profitables tant au plan matériel que spirituel. Pour terminer cette ronde christique dite à voix haute :

« ASET divine mère en ton nom, merci mon seigneur Christ pour ta présence et la réalisation de nos souhaits, au nom de ASET nous t'envoyons une immense vibration d'amour, merci mon seigneur Christ. »

Maintenant, que vous avez terminé cet exercice, vous pouvez vous étreindre et profiter pleinement de ces émotions qui vous unissent. Certains d'entre vous sangloteront sûrement, c'est normal ! Comment contrôler ses émotions face à tant de beauté ? Vous pourrez vivre ce rituel n'importe quand dans l'année, et aussi souvent que vous le désirerez. Tous vos vœux remis à notre seigneur en personne sont transmis systématiquement au ciel, à toutes les entités divines qui pourront les réaliser. La meilleure occasion pour pratiquer une ronde christique, c'est Noël. Le vingt-quatre décembre est une soirée de fête, mais aussi le moment opportun pour profiter du plan divin et partager avec ceux que nous aimons, cet instant de bonheur. Ne soyez pas timide ! Il est vrai que la démarche qui consiste à inviter une entité divine aussi importante que le Christ est impressionnante, toutefois, ce mantra nous est légué pour être utilisé à notre convenance.

Rassurez-vous, nous n'avons jamais entendu parlé de désagréments suite au contact avec une entité divine. Par ailleurs, c'est l'homme qui a inventé le vaccin contre la rage, comme quoi, la peur d'être attaqué menace la vie mammifère sur terre et son environnement.

Vous détenez maintenant la possibilité de modifier à tout moment votre vie, mais aussi celle de vos proches, alors profitez-en et développer en vous l'envie de l'utiliser. Aucune hésitation, vous contribuerez à l'évolution de notre société et de notre bien-être.

Comme je le dis souvent, Dieu n'a jamais recommandé d'être pauvre. Contrairement à certaines idées préconçues, la pauvreté n'est pas signe de détachement matériel ou de maîtrise de son ego, mais plutôt, un signal de détresse. C'est pourquoi, je m'insurge contre le dénuement et vous recommande de travailler, de vivre décemment, de vous amuser. D'être heureux, enfin ! La vie est courte ! Un conseil tout de même, ne prenez que votre dû, plus serait inutile, compte tenu du fait que nous ne sommes que des mortels.

N'oubliez jamais, le divin est accessible à tous sans discrimination.

Il me semble d'ailleurs bon de faire le parallèle avec la natalité et nos enfants. Il existe un mantra qui permet de faire évoluer nos enfants vers la voie de la spiritualité sans aucun effort.

Avant de vous accorder ce mantra, il convient de comprendre le but de son utilisation. Dans un premier temps, il faut concevoir que son emploi n'est que positif. Il existe de petites entités en charge d'enseigner les règles universelles dès notre plus jeune âge. Ces entités s'appellent les Enchines. Elles sont chargées de nous faire évoluer spirituellement en nous apportant un savoir initiatique des plus complets, tant pour notre élévation spirituelle, mais aussi matérielle et physique. La façon la plus simple pour faire appel aux Enchines est de recourir à leurs services pendant la grossesse. En effet, le mantra peut être récité dès le troisième mois. Il est simple. Il vous suffit de dire :

« Aset divine mère

(une fois ou trois fois)

en ton nom, merci Enchines de bien vouloir initier cet enfant à vos secrets »

Dès le mantra récité, les Enchines s'occuperont de l'embryon en lui inculquant toutes les informations nécessaires pour qu'il puisse à chaque étape de sa vie, de son développement personnel et social obtenir les meilleurs augures. En conséquence, ce mantra assure une évolution spirituelle de haut niveau et ce, sans travail particulier. Très souvent, nous constatons que les enfants qui en ont bénéficié, ont eu une réussite sociale des plus importantes (Hommes d'affaires, Ministres, mais aussi Artistes,.....) N'utilisez cependant ce mantra que dans le strict respect de la vie, avec d'excellentes intentions à l'égard des générations futures.

En utilisant cette clé initiatique nos enfants et petits-enfants évolueront sans avoir à chercher la voie de Dieu, de la lumière et de l'amour divin. Selon la tradition, il reste une affirmation qui même si elle ne peut être prouvée, demeure tout de même à respecter. Le troisième jour après la naissance du nourrisson, trois fées viendront à son chevet vers minuit, pour lui inculquer un pouvoir ou une particularité qui à sa majorité lui permettra de choisir la voie la plus appropriée pour son futur personnel, mais aussi collectif. Il est donc impératif de ne pas nuire à la présence des trois fées ce soir-là, en veillant ou en restant près du lit vers minuit. Il est d'ailleurs conseillé durant les trois premiers jours qui suivent la naissance de l'enfant, de lui parler de son futur, comme vous le feriez avec n'importe quel autre adulte, mais cette fois de façon positive. Exemple : tu es très intelligent. Tu es très patient. Tu as une santé physique exceptionnelle et une capacité à te régénérer impressionnante. Comme je vous le signalais précédemment, donnez-lui le maximum d'informations à l'indicatif, pour qu'il puisse avoir le meilleur développement. Contrairement aux idées préconçues, l'enfant, même s'il ne peut communiquer, enregistre et assimile toutes les informations, qui lui permettront même si consciemment il ne s'en souvient pas de gérer un maximum de données. Ne vous sentez pas gêné si à sa majorité, ce dernier est plus intelligent ou plus instruit que vous, car le but est tout de même que la mentalité et les esprits de l'espèce humaine se développent sur la voie positive. Soyons lucides, cela n'empêchera pas votre enfant, de faire les bêtises inhérentes à son âge, car ne l'oubliez pas, les forces du bien : anges, archanges, entités de lumière,... ne pensent qu'à s'amuser. Alors éviter de vous prendre au sérieux.

Si je vous parle de vos ascendants et descendants, c'est pour vous faire comprendre que le stade d'adulte se situe entre les deux et n'est qu'une étape transitoire vers la perspicacité.

Il faut en outre, admettre qu'un enfant même s'il ne s'exprime pas de façon correcte, dispose de capacités et de facultés, démontrées par la science comme étant extrêmement importantes. C'est aussi pourquoi, je me permets de vous recommander la sincérité, la clarté de langage. Vous pouvez appliquer les techniques dites « d'ouverture des chakras » dès l'âge de sept ans, ainsi que toutes les autres techniques enseignées dans mon premier livre « Vérité ! ». Je tiens aussi à préciser que la spiritualité est avant tout un état d'esprit.

Sachez aussi que l'ego est appelé en spiritualité, de façon plus commune, le « corps de gloire ». Comme vous le constatez, il porte bien son nom, donc vous pouvez vraiment me croire quand je vous dis qu'il ne faut pas hésiter à l'alimenter. L'un des autres comportements que j'ai pu constater est celui que j'appelle animal. Il se traduit chez presque tous les individus par un instinct de territoire. Ce comportement est totalement inadapté à une personne qui se dit spirituelle. Un exemple simple : prenez des individus dans leurs véhicules (voitures), vous vous apercevez que lorsque l'un des deux protagonistes fait une erreur de conduite ou un dépassement impromptu, le second se met tout de suite en colère. Vous souriez, mais c'est pourtant une vérité qui reste collective à notre époque. Reprenons ces mêmes individus qui cette fois évoluent à pied, si l'un des deux recommencent la même erreur, très souvent il aura l'obligeance de s'excuser ou tout du moins, il ne bénéficiera pas d'un comportement vulgaire ou agressif de la part de son interlocuteur. Comme quoi le fait de posséder un véhicule, une maison, où tout autre dépendance, créer chez l'homme un instinct de territoire. Je possède donc je suis. Tout ceci est faux. Pour développer la sagesse, il faut comprendre que nous nous comportons comme nous pensons, que tout ce que nous possédons de notre vivant restera sur terre et le corps physique et l'ego seront enterrés. En conséquence, habituez-vous à penser positif, à être gentil et décontracté et vous verrez qu'en changeant de comportement et d'état d'esprit vous modifierez le cours de votre vie terrestre et spirituelle.

Maintenant que tout est clair dans votre esprit, il ne vous reste plus qu'à opter pour le comportement adéquat, en vous montrant à la fois spirituel chez vous, mais aussi dans la rue, au travail et en toutes circonstances. Le troisième point qui me semble aussi crucial d'élucider est celui qui a trait au côté indépendant de chaque individu. Il ne faut pas oublier que nous n'avons pas la science infuse et que parfois pour notre vie, il est important de savoir demander conseil ou aide à autrui. Car il est bien sûr plus simple de réfléchir à deux sur un problème, que seul. Regarder et voir… deux verbes similaires ? Non, il existe un fossé qui les sépare. Certains parmi vous regardent, mais ne voient pas. On peut observer un paysage, un objet, un lieu, sans pour autant percevoir sa beauté. Pourtant c'est très important ! Aussi, je vous recommande l'écoute de la nature et l'observation des végétaux, animaux, insectes et autres. Tout végétal, animal …. contribue à la définition de la vie. Aussi, les observer permet de mieux la cerner. Nous pouvons regarder un individu, sans percevoir pour autant sa souffrance et son désarroi ou plus simplement sa volonté. Ainsi, il me semble impératif dans votre quête d'évolution, d'apprendre maintenant à voir les auras. Il existe de nombreuses techniques différentes pour obtenir un tel résultat, certaines d'entre elles vous ont déjà été enseignées dans mon premier ouvrage. Celle que je vais développer maintenant permet de pratiquer et d'apprendre de façon très rapide. Ce premier exercice, consiste à voir l'aura de façon naturelle. Dans une pièce que vous pourrez obscurcir totalement, placez deux bougies écartées d'une quinzaine de centimètres environ, sur un fond de préférence sombre ou noir. Prenez un siège, et asseyez-vous à environ un mètre des bougies. Celles-ci doivent se trouver approximativement à la hauteur de vos yeux. Il s'agit de s'habituer à fixer, dans le noir, deux bougies jusqu'au moment où leur flamme n'en formeront plus qu'une. Cet entraînement ne doit pas excéder quelques minutes par jour et être pratiqué sans lunettes (même si vous en portez habituellement). Lorsque cette vision est devenue quasi-automatique, des connexions inconscientes se fixeront dans votre esprit. A partir de ce moment précis, vous deviendrez capable de percevoir les auras. Gardez cependant en mémoire que la vision des auras n'est qu'un pouvoir psychique propre à l'homme et que tout individu quel qu'il soit peut le développer en s'entraînant quotidiennement. Vous allez vous apercevoir très rapidement qu'il existe plusieurs couleurs différentes dans l'aura, mais aussi plusieurs formes incluses dans ces dernières. C'est grâce à toutes ces nuances que vous pourrez faire un diagnostic précis tant de l'état d'esprit que du corps de votre patient.

À titre d'informations, je vous rappelle qu'il existe sept auras correspondant aux sept corps fluidiques. La première aura est physique, de couleur bleu grisâtre, elle correspond au corps du même nom. La seconde est l'aura astrale, elle est beaucoup plus grande que la première et répond au corps astral qui lui est beaucoup plus petit que le corps physique. Les autres auras sont appelées étherique, atmique, bouddhique, christique. Elles sont toutes plus grandes les unes que les autres. L'aura en général peut s'étendre jusqu'à une superficie de deux mètres cinquante autour du corps humain. Pour mieux comprendre les corps subtils, il faut imaginer que ceux-ci s'emboîtent les uns dans les autres, comme des poupées russes et que le corps le plus grand est le corps physique. Au fur et à mesure que vous prendrez l'habitude de visualiser les différentes auras, vous apprendrez à différencier et à comprendre leurs couleurs et les symboles y afférant. Prenons un exemple simple, la couleur rouge enveloppe une bonne partie de l'aura. La signification est un état de tension ou de colère, voire parfois d'inquiétude chez la personne concernée. Ne vous inquiétez pas, vous allez comprendre très vite tous les sens. Admettez qu'il est quand même beaucoup plus aisé de pratiquer l'ouverture des centres énergétiques en voyant ce que nous faisons que d'y aller à tâtons. Ceci est valable pour toutes les autres techniques que vous pourrez mettre en application, afin d'aider votre prochain. Il existe aussi une technique très simple, qui permet de développer la clairvoyance et par conséquent, le troisième œil (ajna) : elle consiste à réciter à voie haute un mantra, celui que je vous donne présentement. Il est indien et consiste à répéter à voix claire et forte :

« namyo yo lengué kyo »

de plus en plus vite. La durée de cet exercice ne doit pas excéder cinq minutes. Pour l'interrompre, vous réciterez encore trois fois le même mantra, mais cette fois en laissant un intervalle de quelques secondes entre chaque prononciation. Cet exercice peut se pratiquer seul ou à plusieurs. A signaler malgré tout et en cas de groupes que le principe d'équilibre énergétique doit être respecté. Donc là aussi, la parité s'impose. Par ailleurs, n'omettez pas de vous intercaler, soit un homme, une femme et ainsi de suite. Vous devez pratiquer cet exercice assis en tailleur que vous soyez seul ou en groupe. Pour les groupes, travaillez main dans la main. L'un de vous, doit jouer le rôle de meneur. Il aura la charge de réciter le mantra le plus fort et le plus haut possible. En outre, il devra guider l'assemblée lors de son exécution. Vous pouvez pratiquer sans risque tous les jours et après un temps certain, des images, des sons vous viendront spontanément (en règle générale, à l'issue d'une à deux semaines). Le bruit ambiant ne vous dérangera plus ! Ce moyen est l'un des plus simples pour développer rapidement la clairvoyance et partager vos acquis au cœur du groupe. S'il vous plaît, soyez toujours très détendu(e). Il est impératif de se laisser aller et de vivre pleinement ce que vous faites, mettez de l'émotion dans vos paroles et laisser aller totalement votre esprit à sa guise. C'est très simple, vous verrez. Ne vous privez pas du bonheur d'acquérir un fabuleux savoir initiatique et une faculté intuitive des plus élevées. Les plus avertis d'entre vous l'auront déjà compris, vous pouvez vous aider de « ASET » pour réaliser ce dernier. Comment ? Comme je vous ai expliqué précédemment de la façon la plus simple. Vous n'avez juste qu'à réciter ce mantra avant de pratiquer :

**«Au nom de DIEU et du CHRIST, Aset divine mère, je t'offre tous mes ressentis, toutes mes énergies,
je t'offre cette nouvelle expérience. »**

Admettez qu'il est quand même plus facile de vivre une expérience et d'accéder à de nouvelles énergies sous la protection de la Divine Mère. En plus et au cas où vous rencontreriez une difficulté majeure, elle sera là pour vous guider et muter les énergies de façon à ce qu'elles puissent être totalement assimilées par vous-même.

Ecouter et entendre, une autre nuance et peu d'entre vous font la différence ! Même si ces verbes peuvent paraître similaires, ils n'en sont pas moins très différents. Nous pouvons écouter sans pour cela entendre ! Aussi, est-il très important de bien entendre pour interpréter les propos de chacun. Nous connaissons tous l'un des maux de ce siècle : « la solitude ». En effet, qui ne souffre pas ou n'a pas souffert d'un vide affectif, familial, professionnel, social… d'une incompréhension ? Aussi, Je le dis et le répète une seconde fois, prenez le temps d'écouter et d'analyser les paroles qui vous sont tenues. Contrairement à ce que nous pensons, c'est très important ! Une attitude compréhensive et une écoute patiente peuvent permettre de résoudre des problèmes, parfois insurmontables à votre interlocuteur. Il est donc judicieux avant la pratique sur autrui d'un exercice de prendre le temps de converser avec ce dernier. A l'issue de celui-ci, demandez-lui ses ressentis, ses émotions,…

Ce petit mantra vous permettra très simplement et certainement, de mieux appréhender les ressentis de votre interlocuteur. Je vous le conseille. Il convient de le pratiquer avant chaque séance, sur une autre personne que vous-même. Il peut être pratiqué à voix haute ou mentalement :

« Aset divine mère en ton nom, je me mets en ressenti avec toutes les énergies, toutes les sensations de cette personne. »

Bien sûr, vous pouvez indiquer le nom ou le prénom de cette dernière. Récitez ce mantra une fois ou trois fois, et laissez quelques secondes s'écouler avant de commencer votre séance.

Pendant l'exercice, une relation d'équité entre vous et votre interlocuteur se créera et vous permettra ainsi de jauger avec précision vos actions. N'oubliez pas que l'un des points forts de notre société actuelle, lié à la solitude, est le manque d'amour. Très souvent négligé et pourtant essentiel au bien-être de chacun, l'amour ou plus exactement l'amour divin est l'un des principes absolus qu'il nous faut respecter et détenir tout au long de notre existence. Ce dernier est primordial à notre équilibre physique, psychique et moral. Donc, après chaque séance, pour vous ou autrui, prononcez ce mantra simple, mais efficace, afin de vous harmoniser avec le divin mais surtout avec l'amour qu'il nous apporte.

« Aset divine mère,
au nom de Dieu et du Christ,
merci de me transmettre
tes vibrations d'amour. »

Vous pouvez pratiquer ce mantra couché(e) ou debout, mais de préférence les paumes de mains dirigées vers le ciel. Maintenez cette position deux à cinq minutes, vous pouvez aussi le pratiquer au nom d'une tierce personne, en adaptant tout simplement le mantra à cette situation. Exemple :

« Aset divine mère,
au nom de Dieu et du Christ,
merci de transmettre tes vibrations
d'amour à citez le nom de la personne). **»**

La personne à qui vous transmettrez cet amour divin n'est pas obligatoirement censée être en votre présence ou face à vous. Vous pouvez ainsi, pratiquer sur photographie ou par un effort de concentration, en visualisant le sujet auquel vous voulez faire parvenir tout cet amour divin. Il n'y a pas risque de « surdosage » en la matière. Vous pouvez pratiquer tous les jours.

Afin de parfaire votre éducation, mais surtout votre niveau de pureté et ainsi faciliter vos aptitudes à travailler toutes les techniques que je vous offre, je vous explique maintenant en quoi consiste l'ouverture des chakras des mains. Captez la lumière divine, placez la paume de votre main droite au-dessus de celle de votre main gauche et dites à voix haute :

« De ma main droite sort un flot, un fleuve, un torrent de lumière blanche très brillante, cerclée de mauve très brillant ».

Restez dans cette position cinq minutes. Captez de nouveau la lumière de Dieu, positionnez la paume de votre main gauche au-dessus de celle de votre main droite, et dites à voix haute :

« De ma main gauche sort un flot, un fleuve, un torrent de lumière blanche très brillante, cerclée de rouge très brillant ».

Le but de l'exercice étant l'ouverture des chakras de vos mains, ce qui, de cette manière, vous permettra de multiplier vos ressentis personnels ainsi que ceux de toutes les personnes sur lesquelles vous allez pratiquer. Vous pouvez le faire tous les jours pendant une bonne semaine, et une fois l'obtention de l'ouverture complète, recommencez ces mêmes exercices cette fois dans un souci d'entretien, une fois par mois.

L'un des phénomènes courant à notre époque, est le mal de dos.

Comment y remédier ? En combattant les petites lacunes rattachées à vos problèmes émotionnels. Je vais sans plus tarder vous apprendre à harmoniser votre chakra du cœur. Pour cela, c'est très simple ! Vous allez tout d'abord vous asseoir les jambes décroisées, les mains sur les genoux, les paumes dirigées vers le ciel et vous imaginer qu'un flot énergétique de couleur or éblouissant, d'une pureté absolue, se déverse sur vos chakras, des épaules jusqu'au cœur (imaginez un triangle, la pointe étant votre plexus solaire). A noter toutefois que cette technique est beaucoup plus rattachée au pouvoir spirituel qu'à celui de guérison et ne peut soulager que des tensions dues au stress, à la fatigue morale et physique de l'individu, ou à de mauvaises positions subies au quotidien par votre colonne vertébrale. Si les symptômes ou les douleurs subsistent, n'hésitez pas à consulter un spécialiste !

Simultanément, je vais vous apprendre à remédier aux problèmes de jambes lourdes, de mauvaise circulation sanguine, mais aussi à ressentir et utiliser votre enracinement aux quatre éléments. De la même façon que précédemment, pour tout problème flagrant ou douloureux, consultez votre médecin. Je me répète, si Dieu le veut et si votre karma vous le permet. Assis sur une chaise, les deux jambes décroisées, les pieds bien à plats sur le sol, paumes de mains dirigées vers le ciel. Vous pouvez aussi poser vos mains sur les genoux, il n'est pas nécessaire de garder les bras tendus ou en l'air ! Vous êtes là pour apprendre et non pas pour vous infliger des souffrances ou des exercices trop difficiles.

Imaginez que de votre pied gauche remonte un courant de lumière verte, brillante, d'une pureté absolue, le long de votre jambe, du genou à la cuisse, passe ensuite par la hanche gauche, traverse le ventre, l'autre hanche, et redescend le long de la jambe droite, et s'en va par votre pied droit au centre de la terre. Maintenez cette visualisation deux à trois minutes et recommencez le même exercice, en inversant cette fois le circuit mais en conservant la même couleur. Vous pouvez le pratiquer une ou deux fois par semaine pendant le premier mois, et en entretien, une fois tous les deux ou trois mois. Comme vous le constaterez, les ressentis sont très élevés et surtout évolutifs puisque, à chaque fois que vous recommencez, ils sont de plus en plus forts. Si vous souhaitez réaliser ce mantra pour une tierce personne, je vous suggère de suivre le parcours de la lumière avec votre main, tout en la conservant à cinq centimètres du corps de la personne. N'oubliez pas, ce n'est pas une course de vitesse, mais un apprentissage qui vous assurera à terme un changement de vie et d'état d'esprit. Prenez toujours le temps nécessaire pour pratiquer et faites les exercices un à un et surtout à votre rythme. Pas d'effort inutile. Nous vous parlons souvent de sagesse. Moi-même d'ailleurs, je tiens ce langage. Si en théorie cela apparaît comme une évidence, la pratique et la recherche de cette dernière peuvent parfois s'avérer vaine. Afin de vous faciliter la besogne, je vous offre un cadeau unique que je vous conseille de réciter au moins une fois par jour. Encore une fois, prenez le temps de méditer ! Ce savoir est ancestral. Il gère les lois et les règles du plan divin et permet l'accès à la sagesse. Son nom est :

LA GRANDE INVOCATION

du point de lumière dans la pensée de Dieu,
que la lumière afflue dans la pensée
des hommes,
que la lumière descende sur la terre

du point d'amour dans le cœur de Dieu
que l'amour afflue dans le cœur des hommes
puisse le Christ revenir sur terre

du centre où la volonté de Dieu est connue
que le dessein guide le faible vouloir
des hommes,
le dessein que les maîtres connaissent
et servent

du centre que nous appelons la race
des hommes
que le plan d'amour et de lumière
s'épanouisse
et puisse sceller la porte de la demeure du mal

Que lumière, amour et puissance restaurent
le plan sur la terre.

Comme vous pouvez le constater au-delà d'une simple poésie, ce texte est une force incommensurable tant par le savoir que par les énergies qu'il dégage. A cet égard, il me semble très important de l'étudier, de le pratiquer et de réciter chaque jour. Quand je parle de méditer, c'est avant toute chose prendre le temps de réfléchir à toutes les clés que vous possédez déjà, à toute la connaissance à laquelle vous pouvez accéder dès maintenant, mais aussi à celle que vous pouvez déjà partager. Soyez humble, évitez de crier haut et fort, à qui veux l'entendre : je suis le meilleur, j'ai la connaissance universelle, je suis le grand mage du 21ème siècle. Ce savoir auquel vous accédez maintenant, a été jusqu'alors caché par les plus grands initiés. C'est un savoir ancestral qui appartient à notre humanité toute entière et donc par ce fait, à tous ceux qui le désirent. En aucun cas ce dernier ne peut être la propriété d'un individu. Soyez gentil, restez simple ! Si on vous demande où vous puisez votre connaissance, n'hésitez surtout pas à conseiller ce livre et à en discuter. L'une des questions que nous nous posons très souvent est quelle est la main émettrice et quelle est la réceptrice ? En fait, il est très simple de les définir, car celles-ci varient souvent en fonction de différents facteurs. Notre état de fatigue, mais aussi nos énergies personnelles dues à notre évolution spirituelle (ouverture des chakras). Afin de définir le sens de l'écoulement des énergies à travers votre corps et plus précisément vos mains, il vous suffit pour cela de vous asseoir sur une chaise, les jambes décroisées, les pieds bien à plats sur le sol, et de positionner vos deux mains au-dessus de la tête et plus exactement de la fontanelle, de les frotter ensuite, l'une contre l'autre, puis de ramener ces dernières face à vous, les paumes dirigées vers le ciel, et de vous mettre à l'écoute des ressentis ainsi dégagés. La main qui ressentira un courant d'air frais est appelée plus communément main émettrice. C'est avec cette dernière que vous allez pratiquer toutes les techniques que je vous apprends sur autrui. Je vous conseille toutefois, au départ, de faire cet exercice une fois par jour avant de commencer votre journée.

Avec l'habitude et un entraînement suffisant, vous saurez celle qui émet ou celle qui reçoit, sans avoir à travailler plus longtemps.

Un des faits de notre société qu'il est bon d'aborder car nombreux d'entre vous se posent des questions, est celui de la sexualité. Vous avez déjà tous compris, à travers les idées que j'ai développées, que les émotions font partie intégrante de la gestion que nous devons avoir pour évoluer spirituellement. Celles-ci ont révélé certaines contradictions lors de l'évolution de l'espèce humaine et surtout ces dernières décennies. Elles concernent la sexualité. Que ce soit à travers la liberté sexuelle, les médias, les publicités de films et autres supports, nous retrouvons de plus en plus des tendances érotiques, voire sexuelles, qui nous amènent à douter de nos performances en ce domaine, mais aussi de notre charme et de notre capacité à séduire, compte tenu de nouveaux critères de beauté imposés par les médias (apparence filiforme ou musclée). En fonction de notre propre personnalité, de notre force de caractère et de nos connaissances approfondies du corps humain, la traduction peut se faire de maintes façons. La simple peur de l'opinion de son ou sa partenaire, jusqu'à des troubles plus physiques (troubles de l'érection, vaginisme etc...). La solution la plus simple est recommandée par tous les médecins et psychologues. Elle consiste à s'admettre tel que nous sommes. Ce qui n'est pas toujours évident, en considération des images parfaites véhiculées par les médias. Il nous reste alors, les produits miracles pour mincir ou changer d'apparence. Aussi, vais-je vous offrir une clé des plus recherchées, celle qui a fait la réputation de tous les Mages, comme de véritables machines performantes de séduction et de sexualité parfaite. En ce qui concerne le domaine de la séduction, un seul mantra vous sera utile. Il est valable tant pour la gente masculine que féminine. Vous le connaissez sûrement, mais ne l'avez pas encore utilisé à cette fin. Captez la lumière divine, tel que je vous l'ai déjà enseigné. Afin de vous rafraîchir la mémoire, je vous redonne tout de même le mantra entier :

Je reçois la lumière de Dieu

(paumes de mains dirigées vers le ciel)

Je ressens la lumière de Dieu

(paumes de mains face-à-face, captez le volume)

Je transmets la lumière de Dieu

(et à ce moment précis, dites)

dans le subconscient de :

(citez la personne, ou visualisez-la dans votre esprit)

Vous n'êtes pas obligé de connaître cette personne depuis longtemps. Toutefois, celle-ci doit être impérativement célibataire. En effet, nous sommes sur le plan divin et en aucun cas, nous ne pouvons briser une union sacrée (mariage ou vie commune) Maintenez le flot de lumière transmis cinq à dix minutes et si vraiment, vous êtes un grand timide et souhaitez que le premier pas soit entrepris par l'autre, je vous conseille de renouveler cet exercice pendant quatre ou cinq jours consécutifs.

Comme vous pourrez le constater, un coup de foudre va s'opérer et vous découvrirez ainsi l'âme sœur. Ce mantra n'usurpe pas les lois du hasard. Il vous est donné aux fins de vous rendre la vie plus agréable et d'éviter la solitude. Mais n'en abusez tout de même pas pour séduire tous ceux et celles que vous rencontrerez ! A noter toutefois que si celui-ci a pour dessein, mesdames, de séduire l'homme de vos rêves ou pour vous messieurs, un mannequin, vous pouvez toujours le faire !

En ce qui concerne la sexualité, c'est tout aussi simple. Pour vous messieurs, avant tout acte physique avec votre partenaire, récitez à voix basse :

« Au nom de Dieu et du Christ,
aset divine mère,
je t'offre toutes mes énergies,
tous mes ressentis, toute mon expérience,
au nom de Dieu et du Christ,
je te fais l'amour. »

Il va sans dire que vous devez le réciter de façon discrète pour ne pas choquer votre partenaire. Le principe est très simple. Vous offrez vos énergies humaines (énergies telluriques), en contrepartie, nous vous offrons des énergies divines et subtiles. Ceux-ci en la matière vont se démultiplier. Votre partenaire aura l'air d'un enfant à côté de vous.

Mesdames, pour vous, le principe est inversé. Récitez, comme décrit précédemment à voix basse, juste avant votre rapport :

« Aset divine mère, en ton nom,
j'offre toutes mes énergies
tous mes ressentis,
toute mon expérience à Dieu,
en ton nom, aset divine mère,
je lui fais l'amour. »

Comme nous pouvons le constater, l'utilisation de ce mantra est simple, d'une efficacité déconcertante. Il va sans aucun doute changer votre regard sur la sexualité.

Si vous n'avez pas de secret pour votre partenaire, alors pratiquez en simultané. Ce mantra aura pour effet de vous faire vivre une expérience unique des plus impressionnantes. Ainsi, vous peaufinerez votre évolution spirituelle même dans ces moments-là !

Ce qui va suivre maintenant, va sûrement vous interpeller. Vous avez bien sûr, à un moment ou à un autre, rêvé de disposer du pouvoir de guérison.

Première recommandation, conseillez toujours aux personnes qui vous sollicitent de consulter un spécialiste ou un médecin. En aucun cas, vous ne pourrez faire des miracles, en utilisant les techniques que je vous livre. C'est simplement une aide aux patients qui le souhaitent, un soulagement et toujours, si Dieu le veut et si leur karma le permet. Par ailleurs, admettez qu'un organe détruit ne peut être soigné par une simple volonté. Les miracles n'appartiennent qu'au plan divin et non à nous.

Pour devenir un véritable guérisseur, il est impératif de laisser pénétrer en nous l'amour divin et la compassion réelle. Il convient de pratiquer avec dévotion et sincérité sans jamais attendre de retour. L'un des fléaux de notre siècle est le cancer. Cette terrible maladie, aux conséquences physique et psychologique parfois dramatiques, demande de la part des patients une volonté certaine, du caractère, de la patience. C'est en ce sens que votre aide doit s'orienter. Il s'agit là d'un soutien à la fois moral et spirituel.

Sur l'aura de la personne concernée, la maladie se traduit très souvent par des « chaussettes » de couleur grise situées au niveau des chevilles, pour ceux qui ont développé la vision des auras. L'une des techniques qui fonctionne le mieux pour soulager les tensions, mais aussi le stress et les différentes angoisses attachées à cette affection, est le rééquilibrage des courants telluriques du corps. La technique ici employée est très simple, positionnez la paume de votre main droite au-dessus de la fontanelle du malade, donnez votre main gauche à une tierce personne qui va vous assister pour cette pratique. Cette dernière viendra placer la paume de sa main droite sous les voûtes plantaires des pieds du patient. Celui-ci étant bien sûr allongé les jambes décroisées, les bras horizontaux le long du corps, les paumes de mains dirigées vers le ciel. Maintenez cette position cinq à dix minutes consécutives et renouvelez cet acte pendant plusieurs jours (quatre à cinq jours).

Le but de cette opération étant de rééquilibrer à leur base, les courants telluriques. L'effet souhaité est d'amener l'organisme à lutter contre la maladie, mais aussi à soulager le patient de ses peurs et angoisses face aux événements vécus. En fonction des résultats, vous pourrez renouveler cette technique plusieurs fois. En aucun cas, vous ne devez demander l'interruption d'un traitement médical en cours. Au contraire, il convient de conseiller l'application de celui-ci à la lettre. Il arrive très souvent que le simple fait de rééquilibrer les courants telluriques du corps, permette dans certains cas de constater une régression de la maladie. Ne vous montez pas la tête. Dieu est la seule entité que le patient doit remercier. Au-delà de ce que nous pouvons pratiquer, si la personne concernée ne désire pas lutter, vivre, aucun effet concret ne sera constaté.

En conséquence, prenez le temps d'écouter et de discuter réellement avec cette personne et de lui apporter tout l'amour et la passion que votre humanité universelle peut produire. Malheureusement tout ceci peut s'avérer insuffisant, c'est pour cela même que je vous oriente à transmettre de l'amour divin à l'état pur. Comment ? De la façon la plus simple qu'il soit :

**Au nom de Dieu et du Christ,
merci aset divine mère,
de lui transmettre tout l'amour, toutes les énergies divines nécessaires à son soutien moral et à sa guérison.**

Dites-vous que malgré l'évolution de la médecine, il existe malheureusement des fins dramatiques auxquelles il faut vous préparer, et vous dire que votre contribution fût non négligeable.

Cette même pratique peut être utilisée pour d'autres maladies, telle la sclérose en plaques par exemple. Mettez de la vie dans vos gestes et dans vos paroles. Soyez sûr de vous et pour ceux qui auraient encore quelques doutes, je vous conseille de vous faire aider par vos anges gardiens :

**« Aset divine mère, en ton nom merci mes anges gardiens d'être ici
et maintenant présents
et de m'assister tout au long
de mes pratiques»**

Cela peut paraître parfois très simpliste, mais le fait de ressentir leur présence à vos côtés vous permettra d'obtenir une certaine sécurité et une souplesse d'action face à vos entreprises actuelles. Soyez toujours assuré(e) que lors d'une mauvaise pratique, ils rectifieront d'eux-mêmes ce qui ne convient pas. En l'espèce, ils ne vous laisseront jamais commettre d'actes qui puissent avoir des conséquences fâcheuses. Nous entendons très souvent certaines personnes se plaindre de problèmes attachés au manque de sommeil (cauchemar, nuit agitée, stress cumulé pendant la journée qui resurgit la nuit). Il me paraît important de régulariser ces problèmes, car si votre temps de repos n'est pas suffisamment réparateur, votre vie au quotidien risque d'en être affectée. En outre et au-delà du simple fait de ressourcer le corps physique et mental, vos temps de sommeil servent à vous recharger en énergies subtiles et cosmiques.

L'un des principes même de notre existence terrestre est que, chaque nuit, quand notre corps se retrouve à l'état de sommeil profond, le corps astral en profite pour se dédoubler et aller se recharger en énergies. Afin de parfaire ce ressourcement énergétique si nécessaire à l'évolution de l'esprit, mais aussi à la bonne coordination de notre corps physique, il s'avère impératif de programmer correctement ses nuits ou temps de repos. Pour cela, allongez-vous sur votre lit, les deux jambes décroisées, les bras le long du corps, paumes dirigées vers le ciel et récitez à voix haute :

« Aset divine mère au nom de Dieu
et du Christ,
je t'offre toutes mes énergies,
tous mes ressentis,
je t'offre toute ma nuit. »

Pensez à le faire chaque soir avant de vous endormir, cela aura pour effet, en quelques jours seulement, de vous ressourcer d'une façon extrêmement conséquente, mais aussi de vous permettre, sans aucun effort, de continuer votre évolution spirituelle et de développer également des rêves dits « prémonitoires ». Certains auront l'agréable surprise, au bout de quelques semaines, de voyager consciemment dans l'astral tout au long de leur nuit et de s'en souvenir au petit matin.

L'un des problèmes majeurs reste à être franchi : celui de la respiration.

Nous vivons une époque qui demande à chacun d'entre nous d'aller de plus en plus vite dans notre façon de vivre mais aussi de réagir, que cela soit au niveau professionnel où les compétences sont de plus en plus souvent mises à contribution par la rapidité d'exécution, que dans notre vie sociale où il devient très important de pratiquer diverses activités. Cette vie, si trépidante soit-elle, nous amène très souvent à négliger le fait de respirer correctement, ce qui a pour conséquence différents dysfonctionnements organiques (des problèmes cardio-vasculaires ou sanguin). Je vais vous apprendre dès maintenant à remédier à ce petit inconvénient qui, s'il peut paraître anodin dans notre société de consommation, est d'une importance capitale pour pouvoir évoluer physiquement, moralement, mais surtout spirituellement de façon très positive. Le plus simple pour commencer est de chercher à l'intérieur de soi l'écoute de son cœur, en prenant le temps de s'arrêter quelques minutes par jour et de se mettre à l'écoute de ce dernier. La méthode la plus simple consiste à vous allonger sur votre lit, les jambes décroisées, les bras le long du corps, les paumes dirigées vers le ciel. Accordez-vous quelques minutes pour laissez le temps à votre rythme cardiaque de se ralentir, et pour vous-même pouvoir vous détendre et chasser de votre esprit le stress accumulé tout au long de la journée. Ceci étant fait, récitez à voix haute, sans oublier de mettre de l'émotion dans vos paroles :

**« Aset divine mère en ton nom,
j'inspire l'air de la nouvelle conscience
cosmique. »**

Récitez ce mantra trois fois en prenant tout votre temps et en vivant chaque parole, comme si pour la première fois, vous découvriez le plaisir de respirer. En faisant ça, vous allez vous harmoniser avec les énergies et l'air qu'il y aura dans approximativement cinq cents ans sur terre. Au même titre que l'air que nous respirons actuellement. L'air du futur comporte des défauts, mais qui sont toutefois moins importants et beaucoup plus exaltants pour vous-même que celui respiré ce jour. En plus, vous allez très vite vous apercevoir, au bout de deux à trois minutes après la récitation de ce mantra, que votre respiration se ralentit et devient beaucoup plus profonde. Cette sensation de fraîcheur qui envahit tout le système respiratoire et votre corps vous démontre l'importance de respirer à un rythme lent et profond, mais surtout correctement au quotidien. Avec l'habitude et instinctivement, à chaque fois que votre corps se sentira agressé par l'air pollué ou le stress, il se mettra de lui-même, en résonance avec l'air de la nouvelle conscience cosmique. Il vous permettra ainsi de régulariser votre rythme cardiaque sans aucun effort, ce qui peut s'avérer être nécessaire pour un entretien d'embauche ou pour toute autre activité publique. A ce stade de l'enseignement, certains d'entre vous se sentent peut-être inquiets ou dépassés par ce qu'ils apprennent. Vous devez faire abstraction des tabous, des enseignements passés que l'on vous a inculqués ou que vous avez vous-même étudiés, mais aussi chasser la peur, le doute, et vous ouvrir à vos études actuelles, en me lisant non pas avec votre intellect, mais avec votre cœur, vos émotions, et votre envie de vivre éternellement dans la lumière. A ce stade de mon enseignement et de vos pratiques quotidiennes, vous êtes devenu maintenant l'un de **mes frères de lumière** et vous allez pouvoir soigner par la lumière divine.

Cette mise au point étant faite, nous allons continuer l'apprentissage des soins du corps physique. Pour l'ouverture des chakras, nous pratiquons sur la face avant du corps, bien que les centres d'énergies soient placés sur l'axe dorsal. Un problème subsiste dans de très nombreux cas. Celui du dysfonctionnement de ces centres les uns par rapport aux autres. Pour remédier à cet inconvénient qui peut créer une gêne il existe deux méthodes très simples. La première s'applique à vous-même et vous permettra dans un premier temps de régulariser vos problèmes personnels. Elle peut être pratiquée en position assise ou allongée, mais toujours les deux jambes décroisées. En prenant tout votre temps, récitez à voix haute et en mettant de l'émotion :

« Aset divine mère en ton nom, un flot, un fleuve, un torrent de lumière de Dieu, de couleur en harmonie avec celle du chakra Sahasrara se déverse maintenant en son centre, le purifie, le vitalise et l'harmonise. »

Lorsque vous transmettrez les torrents de lumière de couleur en Sahasrara, par la loi des étages, ces torrents vont descendre à travers tous les autres chakras : ajna, vishuddha, anahata, manipura, swadishthana, muladhara et s'harmoniser ainsi entre eux. Au début, cet exercice est à faire dix minutes par jour et ce, pendant quelques jours consécutifs. Puis, une ou deux fois par semaine ce qui en l'espèce, vous assurera une progression spirituelle et une harmonisation parfaite de vos centres d'énergies.

La seconde méthode, tout aussi simple, ne peut être pratiquée que sur une autre personne. Celle-ci devra retirer tout bijou, montre et chaussures. Etre vêtu(e) dans une tenue 100 % coton, le mieux étant de se dévêtir. Elle devra se tenir allongée sur le ventre, ce qui vous permettra de visualiser l'échelonnement de ses centres énergétiques.

Placez votre main active (comme je vous l'ai enseigné précédemment) au-dessus du premier chakras (sahashrara) et votre autre main sur le second (ajna). Vos mains resteront bien évidemment entre deux et cinq centimètres au-dessus du corps physique. Tout en demeurant très détendu, visualisez un flot de lumière verte brillante, d'une pureté absolue qui entre dans votre fontanelle et s'en échappe à travers vos mains. Cette lumière verte éblouissante, d'une purée absolue est appelée plus communément lumière de la vie. Pour ceux qui auraient quelques difficultés à visualiser leurs actions, vous pouvez vous faire assister de la divine mère en personne. Dites simplement à voix haute, une fois ou trois fois :

« Aset divine mère en ton nom, la lumière de la vie coule à travers moi. »

Agissez de la même façon en montant l'échelle des chakras, deuxième et troisième chakras, troisième et quatrième chakras, etc.

Le temps qui doit s'écouler entre l'harmonisation des centres diffère de cinq à dix minutes, en fonction des cas. C'est pour cela, qu'il est très important de bien vous laisser aller, d'être détendu, de façon à jauger ce qui est nécessaire en quantité de lumière pour proportionner les centres. Toutefois, prévenez le patient, qu'il peut se produire de petits troubles du sommeil pendant quelques jours après votre intervention. Cette conséquence logique est due au système endocrinien de la personne qui se rééquilibre simultanément avec ses centres. Dans certains cas extrêmement rares, nous pouvons noter que, dans les heures qui suivent, des nausées sont ressenties chez le sujet sur lequel nous venons d'exercer nos pratiques. Elles s'estompent très rapidement et ne sont pas synonymes d'un rejet du corps, mais simplement d'une difficulté à s'adapter à cette nouvelle organisation des énergies. Vous pouvez prodiguer ce soin plus d'une fois par semaine chez un même individu et il est rarement conseillé de le faire plus de trois à quatre semaines consécutives. Comme vous le constaterez, ce livre est de la pure connaissance initiatique. Ce qui va suivre maintenant risque toutefois d'en surprendre encore plus d'un.

C'est pour cela qu'il me semble bon de vous conseiller dès maintenant de lire et relire ces passages, jusqu'à une parfaite compréhension, avant de mettre en application les exercices suivants. Si de nombreux organes physiques existent, d'autres sous forme de double fluidité dans des corps subtils demeurent. Ils sont très souvent logés dans l'un de ces derniers, appelé corps ètherique. Les deux organes principaux assurent l'évolution et le maintien en bonne santé tant du corps physique que des corps subtils, notamment le foie et la rate ètherique. La rate ètherique est considérée comme un véritable aspirateur d'énergies qui se présente de la même façon qu'un chakra par lequel s'engouffre l'énergie vitale qui gère et génère toute la vie organique du corps physique. Elle est aussi considérée dans beaucoup de cultures comme étant la source première de notre force ètherique. Dans de nombreux cas, cet organe fluidique souffre d'une dissonance qui se répercute sur le corps physique créant ainsi, un manque de vitalité, de désir chez la personne concernée. Les symptômes apparents sont souvent liés à une fatigue morale ou physique constante et aussi, au désir de ne plus exister. Ce manque de combativité au quotidien offre la possibilité à différentes maladies, qu'elles soient psychosomatiques ou concrètes de s'installer dans l'organisme. C'est pour cela qu'il est très important de remédier à ce problème. En aucun cas, vous ne pouvez pratiquer cette technique sur vous-même. Elle demande à être totalement neutre. L'individu sur lequel vous allez travailler doit être dévêtu ou dans une tenue en coton, de préférence assis sur une chaise les deux pieds bien à plats sur le sol. Placez votre main droite de deux à cinq centimètres près du corps, à l'emplacement même de la rate, puis dans un léger mouvement de va-et-vient, tout en reculant votre main du corps, vous allez par un phénomène d'aspiration extraire momentanément l'organe malade. Vous apercevez qu'au creux de votre main, vous ressentez un volume, telle une mousse légère, mais bien présente. C'est la rate étherique que vous venez de prélever. Retournez votre main vers le ciel (surtout prenez garde de ne pas la refermer, vous détruiriez l'organe), venez placer au-dessus de ce dernier votre main gauche en joignant le pouce, l'index et l'auriculaire de façon à former un faisceau, et visualisez une lumière très brillante de couleur verte qui traverse le sommet de votre crâne et vient s'en échapper à travers vos trois doigts de la main gauche, tel un véritable laser. Quand vous ressentirez que l'organe, qui est toujours positionné dans votre main droite, devient froid, vous viendrez le replacer très lentement toujours en faisant de petits mouvements de va-et-vient à son emplacement original. Pour ceux qui ont des difficultés à visualiser encore une fois, n'hésitez pas à faire appel à la divine mère :

« Aset divine mère en ton nom, la lumière de la vie s'écoule à travers moi. »

Dans le cas où il se produirait un accident, que par mégarde vous refermiez votre main sur l'organe, il existe un moyen de réparer cette erreur et de redonner un organe sain et neuf à cette personne. Conservez votre main toujours dirigée vers le ciel, et sans réfléchir, sans prendre la peine d'analyser ce qui se produit, dites à voix haute en mettant de l'émotion dans vos paroles :

« Aset divine mère, en ton nom, la rate éthérique manquante descend du plan divin et vient se placer à l'intérieur de ma main,

(laissez un petit temps d'arrêt, puis dites de nouveau pour terminer)

merci Aset Divine Mère. »

Et venez replacer l'organe comme je vous l'ai enseigné précédemment.

Avec un peu d'expérience, votre main droite ira se placer systématiquement à l'emplacement exact de l'organe éthérique dont dépend le soin. Si ce dernier est chaud ou provoque une sensation de picotements et d'engourdissements au creux de votre main droite, cela signifie qu'il est réellement malade et que le soin que vous donnez est nécessaire. Tout doit se faire dans le plus grand silence et respect.

Le second organe vital sur le corps éthérique est le foie. Il est rattaché au centre des émotions et plus précisément aux émotions générées tout au long de notre vie. Il est appelé corps astral. Son dysfonctionnement provoque très souvent des troubles de la personnalité assez importants tels que l'anxiété, les troubles du sommeil, mais aussi toute autre forme de maladies psychosomatiques générant des problèmes cutanés (acné, psoriasis, etc.). De la même façon que précédemment, nous allons placer la main droite face à l'organe dissonant (le foie) de deux à cinq centimètres de ce dernier. Puis dans un léger mouvement de va-et-vient, tout en reculant votre main très lentement, vous allez extraire l'organe. A noter que même si vous retournez accidentellement votre main vers le sol, l'organe ne tombe pas, car il se trouve collé à cette dernière. C'est le courant tellurique que vous avez engendré par le mouvement de va-et-vient qui permet l'aspiration et son maintien au creux de celle-ci.

Placez maintenant votre main gauche au-dessus, en joignant le pouce, l'index et l'auriculaire, de façon à former un faisceau. Visualisez mentalement un courant, un flot de lumière verte très brillante qui entre par le sommet de votre crâne et en ressort par vos trois doigts, tel un laser. Quand vous ressentirez que l'organe devient frais, voire glacé, venez le replacer à son emplacement original toujours en faisant de petits mouvements de va-et-vient.

N'hésitez pas à faire appel, comme je vous l'ai énoncé précédemment pour la rate éthérique, à « aset », afin de vous aider dans l'écoulement de la lumière de la vie à travers vous. Toujours selon le même principe en cas d'erreur ou plus précisément de fermeture de la main sur l'organe, vous pourrez toujours demander à la divine mère de vous en produire un autre.

Vous pourrez terminer cet exercice en laissant glisser votre main le long du corps de la personne (toujours entre deux ou cinq centimètres de ce dernier), comme si vous faisiez une passe magnétique, de façon à lisser le corps subtil, et y retirer ainsi toute trace d'intervention de votre part. N'oubliez pas que ce sont des techniques de guérison et qu'il est très important de soigner les effets, mais aussi la cause.

Et comme souvent, elles sont synonymes d'un manque d'affection ou de respect de soi, je vous oriente en fin de séance à transmettre une immense vibration d'amour à votre patient :

« Aset Divine Mère en ton nom,
j'envoie une immense vibration d'amour
à cette personne. »

(vous pouvez citer son nom ou son prénom)

Pour vous détendre un peu, nous allons passer à un sujet qui risque d'en faire sourire plus d'un et qui pourtant à une importance sur notre mode de vie : les grandes fatigues.

Nous entendons au quotidien certaines personnes se plaindre de la vie, d'être fatiguées de courir de gauche à droite, de repasser constamment derrière son époux(se), ses enfants, … Cet état est synonyme d'une fatigue morale, d'une sensation de dépassement par les événements. Si nous avons tous au départ un potentiel moral très important, le fait que notre vie soit constituée de répétitions quotidiennes génère une grande lassitude et une non-combativité. Nous observons ce principe dans d'autres cas de figure, telle la fatigue physique. Je comprends qu'à la longue nous finissions par douter de nos compétences, et même s'il est très amusant dans nos conversations de pouvoir se plaindre, il est toutefois moins évident de remédier aux symptômes que nous ressentons.

Le temps joue en notre défaveur, et comme le disent si justement certaines personnes « j'en ai marre ». Pour échapper à tout cela, pour éviter que le quotidien envahisse notre vie et nous amène à des états d'esprit négatifs, il existe deux solutions bien distinctes.

La première est celle qui vous semblera la plus plaisantante. Elle consiste tout simplement à rompre avec ses habitudes, à s'accorder un peu d'oisiveté et de changements.

Sur le papier, tout est possible. Toutefois, il est parfois moins évident de réaliser nos désirs, faute de moyens financiers ou de temps.

Donc la solution intermédiaire qui me semble être la plus radicale et la moins chère est la seconde que je me propose de vous communiquer. Elle va vous permettre en peu de temps de reprendre une vitalité exemplaire, mais aussi pour ceux qui sont un peu moroses ou trop fatigués pour se créer de nouveaux projets, l'envie de croquer la vie à pleine dent. Malheureusement, nous ne pouvons pas pratiquer cette technique sur nous-même. Il vous faudra la faire sur autrui et trouver une tierce personne pour l'exercer sur vous. Allongez le sujet sur le dos, de préférence dans une tenue vestimentaire en coton ou mieux dévêtu, les jambes décroisées, les bras le long du corps.

Pensez à lui faire retirer sa montre pour éviter que cette dernière soit endommagée pendant le traitement. Placez-vous à côté de cette personne, joignez le pouce et l'index, et frottez à même la peau dans un mouvement de haut en bas, en partant de la gorge jusqu'au bas du ventre, vos deux doigts sur son corps. Faites cela jusqu'à ce que une petite rougeur très légère apparaisse (n'insistez pas trop, le but n'étant pas d'arracher la peau ou de faire un trou).Puis avec vos deux mains, pouce et index toujours joints, tirez de chaque côté à deux ou trois centimètres du corps comme si vous ouvriez une brèche. Ce qui d'ailleurs est le cas, puisque vous formez par ce mouvement que nous appelons plus communément en ésotérisme une brèche éthérique. Maintenant que cette dernière est ouverte, placez au-dessus votre main gauche, les trois doigts joints, pouce, index, auriculaire, comme pour former un faisceau (souvenez-vous des techniques pour la rate et le foie éthériques). Puis visualisez une lumière verte très brillante, d'une pureté absolue qui entre par le sommet de votre crâne, traverse tout votre corps et sort par vos doigts. Déversez ce flot de lumière de la vie sur toute la longueur de l'incision (de la gorge au pubis) pendant quelques minutes, cinq à dix maximum. Maintenant, le plus dur est fait, il ne vous reste plus qu'à refermer la brèche en joignant de nouveau les deux doigts de chaque main, pouce et index, mais cette fois en inversant le procédé (nous partons de l'extérieur pour rejoindre les doigts vers l'intérieur de la brèche). Puis avec votre main droite, c'est un mouvement de lissage à cinq centimètres du corps physique, trois ou quatre fois de suite. Pour faciliter votre compréhension ce que je définis par le terme de lissage est dans le mouvement, la sensation de survoler le corps physique avec votre main. A ce stade précis, je suis sûr que beaucoup d'entre vous ont décroché et se disent qu'ils n'ont pas tout saisi. Cela me semble tout à fait normal. C'est pour cela que je vous guide et vous conseille de lire et relire le nombre de fois nécessaires, ce passage et si besoin est, vous pouvez toujours vous faire aider par vos frères de lumière. Comment ? En leur demandant de vous assister pour la compréhension de cette lecture :

**« Aset Divine Mère en ton nom,
merci mes frères de lumière de m'aider
et de me guider dans la compréhension
de ce texte,
merci mes frères de lumière au nom de aset
de me faire visualiser cette technique. »**

C'est aussi simple que cela. Vous pouvez solliciter leur secours pour toutes les autres parties de ce livre que vous ne comprenez pas. J'ai bien conscience de la non-évidence de mettre en pratique un exercice lu pour la première fois. En général, les premiers ressentis de bien-être, de changements, apparaissent à l'issue de quelques heures, après la séance. Nous pouvons tout de même recommencer sur une même personne, pendant deux ou trois jours consécutifs de façon à obtenir un résultat permanent. Il me semble évident que si une personne court vingt kilomètres, elle ressentira tout de même une fatigue physique momentanée, malgré la pratique que vous avez exercée sur elle. Si je vous demande de faire appel à vos frères de lumière pour la compréhension de ce livre et non à vos anges gardiens, c'est tout simplement parce qu'ils sont plus aptes à comprendre de par leurs fonctions. Beaucoup d'entre eux sont des entités incarnées possédant le statut de mages (enseignement similaire au mien).

Pour les problèmes dorsaux de type lombalgies ou sciatiques, nous utiliserons exactement le même procédé. Sauf que cette fois le sujet sera allongé sur le ventre, et que l'incision du corps éthérique se fera de la nuque jusqu'au bas du dos. Il est important de saisir trois points bien distincts que vous ne devrez en aucun cas oublier ou transgresser. Nous ne pratiquons jamais cette technique sur une femme enceinte (risques évidents pour le bébé), ni sur les yeux, ainsi que sur le cœur, ni sur une plaie ouverte, qui aurait pour conséquence de produire un effet de brûlures sur la zone travaillée. La lumière de la vie étant un principe actif extrêmement puissant, nous l'utiliserons toujours dans des cas de nécessité absolue. Elle peut aussi servir en l'occurrence, pour les entorses, déchirures musculaires etc. et être pratiquée sur les parties du corps, telles que les bras, avant-bras, jambes etc.

Quand vous traitez des lombalgies ou des sciatiques, ne garantissez pas la durabilité des résultats sur plus de trois mois. En effet, bon nombre de ces problèmes ont une cause physique qui nécessite, sans aucun doute, une consultation médicale, et parfois, dans certains cas graves, une intervention chirurgicale. Vous pourrez aussi, sans grande difficulté, ôter les maux de tête ou nausées, dans un délai très court. Pour cela, placez votre main droite au niveau du front de la personne, puis dites mentalement ou à voix haute, une fois ou trois fois :

**« Aset Divine Mère en ton nom,
un flot, un fleuve, un torrent de lumière
orange se déverse maintenant
en cette personne. »**

Cherchez à visualiser ce que vous faites et maintenez votre main en position au niveau du front, trois à quatre minutes maximum. Cela sera largement suffisant et dans les quelques moments suivant cette opération, les sensations de nausées ou de douleurs s'estomperont.

L'un des autres principes actifs de la guérison est la tenue vestimentaire. Cette dernière influence notre état d'esprit, mais aussi notre état physique de façon conséquente. Il est fortement conseillé de se vêtir en tenue cent pour cent coton. Cette matière est l'une des seules à laisser passer la totalité des énergies subtiles et cosmiques du plan divin. Ce qui nous permet de nous recharger et de progresser quotidiennement sans faire d'efforts supplémentaires. Toutes les tenues dites synthétiques, ou apparentées à des peaux (vêtements de cuir) seront à proscrire de nos façons de nous habiller. Elles réfrènent totalement l'accès aux énergies positives, mais aussi ont tendance à limiter les sorties d'énergies négatives (centre d'énergie) vers l'extérieur du corps. La conséquence sur notre quotidien est l'augmentation des tensions nerveuses, et par résonance, un maintien du stress permanent. Nous pourrions utiliser aussi, pour modifier un type de garde-robe, des vêtements d'origine végétale (comme le lin). Si la matière a une importance capitale sur l'état d'esprit, la coupe du vêtement est également essentielle sur le physique. Prenons un exemple très simple, un jean en coton. Si celui-ci, pour des raisons d'esthétiques (mise en valeur des formes) est très serré ou tout du moins trop près du corps, il nous créera des problèmes de circulation sanguine, voire des irritations ou des mycoses. Essayez si vous en avez un, de vous accroupir et vous pourrez constater qu'à l'endroit des cuisses et des genoux, un point de compression se forme, lequel au quotidien bloquera la circulation sanguine. Pour des personnes sédentaires, un véritable problème circulatoire au niveau des membres inférieurs apparaîtra. De préférence, essayez de porter des vêtements amples car même s'ils ne mettent pas forcément votre apparence physique à son avantage, ils vous limiteront tous ces problèmes physiques, et surtout vous apporteront un confort journalier pour vos déplacements et mouvements (vie active). Ils sont tout aussi jolis. Les couleurs vestimentaires ont aussi une influence sur notre état d'esprit et la coupe des vêtements que nous portons par conséquent sur ce dernier. Il est démontré de façon médicale et scientifique que les couleurs agissent sur notre façon de penser, mais aussi d'agir. Il faudra donc s'habituer à porter des couleurs vives (bleu, rouge, vert, jaune, violet etc.) qui peuvent si elles sont assorties avec goût, s'avérer seyantes. Comme je vous l'ai dit, choisissez la coupe de vos vêtements en fonction de ce que vous voulez être et non paraître. Je vais vous démontrer maintenant qu'elle a une réelle l'influence sur notre comportement. Prenez, par exemple, un « voyou » si je peux m'exprimer ainsi, il n'aura pas le même comportement, ni la même façon de s'exprimer s'il est vêtu par la suite en costume. A chaque tenue, un comportement inconscient s'exprime par notre personnalité. Aussi, pouvons nous affirmer que notre façon d'agir et de réagir face aux individus que nous rencontrons au quotidien, dépend de leur représentation physique. Or comme vous avez pu le comprendre jusqu'à présent, vouloir s'initier sur la voie du divin est avant tout un comportement et un état d'esprit, plus que de simples pratiques.

Nos habitudes alimentaires peuvent être aussi parfois source de problèmes et il est donc important d'en changer. Contrairement aux idées préconçues et aux divers enseignements toujours pratiqués à notre époque de façon universelle, la consommation de viande ne peut être supprimée au quotidien. Elle nous apporte bon nombre de protéines nécessaires à notre corps, mais elle peut toutefois être diminuée de manière considérable. N'en consommer qu'une seule fois par jour, me semble suffisant. En revanche, abstenons-nous totalement du sang (notamment dans les sauces et les produits dérivés comme le boudin). Il est aussi important de consommer des légumes verts et des céréales de façon journalière. Je vous recommande les produits frais en proportion réduite, plutôt que les conserves ou les surgelés. La consommation de fruits peut se faire à votre guise. A noter toutefois, que les fruits secs : amandes, raisins, noisettes etc. peuvent remplacer les produits frais. Les personnes actives les transporteront avec aisance et sans souci d'équivalence nutritive. En ce qui concerne l'alcool, il est à bannir ! Surtout les alcools forts qui, contrairement à certaines idées préconçues, ne facilitent pas la circulation sanguine et ne limitent pas les risques cardiovasculaires. Les spiritueux engendrent, à la longue, des problèmes d'estomac (gastrite) et ne sont surtout pas conseillés pour obtenir la sagesse. Seul, le vin pourra être consommé, dans des proportions très faibles, soit un verre par repas. De préférence, choisissez un vin naturel.

Il est conseillé de sortir de table en ayant encore une légère faim, afin d'éviter tout risque de surplus pondéral. Ces données varient d'une personne à l'autre. À tous ces conseils d'hygiène physique, il faut ajouter ceux d'ordre moral. Les médias (télévision, radio, informatique, etc.) vous confinent dans un isolement et alimentent votre esprit d'ondes électromagnétiques qui ne sont pas forcément positives (le véritable fléau de notre siècle, le téléphone portable).

L'un des autres points fondamentaux à modifier dans votre façon d'être est la pensée. Elle est l'essence même de la vie humaine, et sans pensées, il n'existerait aucune création. La pensée positive a une influence capitale sur notre être. Elle conditionne notre destin de façon conséquente, mais aussi celui des autres. Je sais que pour bon nombre d'entre vous, il paraît utopique de conserver au quotidien des pensées heureuses. La vie nous confronte très souvent à des adversités et comment pourriez-vous continuer à penser de façon positive, dès lors que certains affirment que leur époux(se) les ont quitté(e), que leurs enfants sont malades ou qu'ils subissent le chômage. Tout simplement en retirant de votre esprit ce stéréotype même de pensées. Si votre conjoint ou conjointe vous a quitté, c'est très souvent dû à une incompatibilité au sein du couple. Aussi, il aurait été préférable d'y réfléchir et d'essayer d'y remédier sans pour autant rechercher la provenance de la faute. Il faut bien admettre que même si une rupture est toujours difficile à vivre, elle est souvent due au fait que vous n'étiez pas fait l'un pour l'autre, et que votre avenir se doit d'être avec une autre personne (femme ou homme). Si une personne proche de vous, votre enfant ou tout autre membre de votre famille, est malade, ne soyez pas catastrophé, mais prenez le temps d'étudier sa maladie, de la conseiller même si votre niveau d'études ne vous permet pas de tout cerner. Ce sont face aux problèmes que nous sommes confrontés à des réalités humaines, celle de la vie. Et c'est très certainement dans les moments difficiles qu'il convient de penser positivement.

Tous les propos que je vous tiens ne sont pas utopiques, je vous en fais la démonstration dès maintenant. Prenez un poids d'une masse assez importante, vingt ou trente kilogrammes, et pensez qu'en le soulevant, vous gagnerez instantanément un million d'euros. Vous allez pouvoir constater que sans aucune difficulté, ce poids qui pour certains d'entre vous aurait pu paraître comme une difficulté, sera soulevé sans efforts. Recommencez cette même expérience, mais cette fois en vous concentrant sur un événement extrêmement négatif de votre passé (problèmes familiaux, affectifs, professionnels), soulevez le poids de nouveau, vous allez constater que vous avez beaucoup plus de difficultés et qu'une même masse vous paraît beaucoup plus lourde. La démonstration consiste en l'interaction entre la pensée et l'action. Vous êtes obligé d'admettre les répercussions et leurs poids tout au long de votre existence. Aussi, est-il primordial de surveiller son état d'esprit en permanence et de s'obliger à rester tout le temps objectif et positif.

Tous les rêves de l'homme peuvent se réaliser dans un futur plus ou moins proche. Bien sûr, il est toutefois conseillé de se donner les moyens de les réaliser. Il faut avoir confiance en soi, car si vous appliquez ce qui précède, vous aurez forcément confiance en vous-même. Même s'il vous semble plus évident d'être objectif face à la vie des autres. Quand un ami ou une personne vous expose un problème, vous trouvez la solution. Si ce même problème intervient dans votre vie, il devient très souvent un exercice périlleux de réflexion. Pourquoi ? par manque d'objectivité. Prenez du recul face aux événements qui adviennent, et quand cela s'avère nécessaire, demandez-vous quel comportement dois-je adopter, ou quelle action devrais-je mener pour aider une autre personne. Pour vous permettre d'acquérir cette habitude systématique de la pensée active et positive, je vous incite à réciter un mantra dès le début de votre journée, juste après votre éveil. Vous pouvez le réciter à voix haute ou mentalement :

« Aset Divine Mère au nom de Dieu
et du Christ, je t'offre toutes mes énergies,
toutes mes pensées,
aset divine mère, je t'offre ma journée. »

Mettez toujours de l'émotion dans vos paroles et prenez le temps de réciter le mantra (ce n'est pas une course de rapidité). En le pratiquant de façon quotidienne, vous allez très vite vous apercevoir qu'au bout de quelques semaines, vos façons de penser, d'agir et de réagir, vont se modifier de façon conséquente et surtout très positive. Ce qui reste à remédier d'ores et déjà pendant votre enseignement est le côté financier. Si en spiritualité nous vous apprenons à vous détacher du monde matériel, il est toutefois préférable d'avoir suffisamment d'argent pour pouvoir réaliser ses projets, mais aussi subvenir au quotidien sans ajouter de petits tracas qui pourront vous réfréner dans votre évolution spirituelle. Pour cela, vous allez créer une boîte magique, elle sera constituée en bois, dans un format d'une longueur de trente centimètres et d'une largeur de quarante centimètres, pour une profondeur de dix centimètres. Il est impératif que vous la construisiez vous-même, de façon à y imprégner vos énergies personnelles, vos ressentis. Pour le couvercle, il vous faut acheter une charnière et un petit système de fermeture (selon vos goûts). Sur le couvercle, vous graverez à la main un S que vous ferez traverser d'une verticale, un peu comme le symbole du dollar. Pour l'occasion, compte tenu du fait que cette boîte va vous rapporter énormément, je vous recommande d'acheter des outils neufs, spécifiques pour sa construction. Maintenant qu'elle est réalisée, vous placez à l'intérieur de celle-ci un billet, dont le montant dépend de vos moyens. Ce dernier devra rester impérativement en permanence dans la boîte, et sous aucun prétexte, il ne devra en être retiré. A chaque fois que vous allez avoir une rentrée d'argent, que cela soit des espèces, un chèque, ou toute autre contre-valeur financière, vous viendrez la déposer dans cette boîte, pour que le premier billet que vous avez mis puisse se charger de cette valeur. Laissez-le quelques minutes au plus, et après cela récupérez-le. De temps en temps, vous pourrez rajouter au premier billet, en fonction de l'évolution de votre budget, de l'argent, qui sous le même principe ne pourra plus être retiré, mais viendra augmenter la force de l'argent dans la boîte. Il est bien sûr évident que vous ne serez pas riche du jour au lendemain, sinon tout cela serait trop facile. Mais au bout d'un certain temps, quand vous aurez pris l'habitude de venir montrer vos rentrées financières dans cette boîte, vous pourrez constater des opportunités qui s'ouvriront, générant ainsi une augmentation de votre capital. Nous pouvons jauger l'efficacité de cette méthode au bout d'une année. Or, comme vous l'avez compris, plus le temps passe, plus la boîte prend sa charge et augmente son potentiel de retombées. Pour les amateurs de jeux de hasard, vous pouvez placer vos tickets (loto, jeux à gratter, etc.) dans la boîte, de façon à augmenter vos chances et de gagner de plus en plus gros. Ayez la bienveillance de ne mettre que les tickets gagnants dans la boîte. Car il ne serait vraiment pas futé de lui montrer autre chose.

L'argent peut se traduire de diverses façons, un exemple simple : pour un agriculteur qui souhaite l'obtention d'une meilleure récolte l'année suivante, vous pourrez placer des graines de votre culture dans la boîte. Cette dernière les rendra beaucoup plus productives et par conséquent augmentera vos retombées financières. Ceci bien sûr n'est qu'un domaine parmi tant d'autres, où elle vous fera gagner un temps précieux, mais surtout vous permettra sans aucune difficulté de pouvoir augmenter votre productivité. Maintenant que vous avez toutes les clés pour obtenir la sagesse, la positivité, l'argent, il me reste une question à élucider, qui sévit dans certains de vos esprits après cette lecture et qu'il me semble bon d'éclaircir, afin que vous puissiez continuer à pratiquer sans tabou. Pourquoi certains d'entre vous obtiennent-ils des résultats instantanément alors que pour d'autres, cela va demander plusieurs jours ou plusieurs semaines d'entraînement sur un même exercice ? C'est en fait très simple. A la base nous avons tous un potentiel réel, qui nous permet de nous adapter et d'évoluer très vite, mais il n'est pas forcément dans le même domaine, ce qui obligera pour obtenir un même résultat un certain nombre d'entre nous à pratiquer de façon beaucoup plus assidue certaines techniques énoncées dans cet ouvrage.

Pour vous permettre de juger votre niveau actuel, mais aussi votre progression, je vous donne un exercice très simple que je vous conseille de faire une fois par mois. Il est vraisemblable qu'un certain nombre d'entre vous, intuitifs de naissance et possédant une faculté de perception développée au-delà de la normale, obtiendront sans nul doute un résultat des plus impressionnants.

Confectionnez vingt carrés de papier blanc et tout autant de papier noir, d'une dimension de cinq centimètres de côté et munissez-vous de quarante enveloppes toutes identiques, de préférence de couleur blanche opaque. Placez les carrés que vous avez créés dans les enveloppes (un par enveloppe), puis mélangez-les, et constituez, une fois cette opération terminée, quatre tas de dix enveloppes. En prenant un tas à la fois, recherchez en plaçant la paume de votre main droite au-dessus de chaque enveloppe, la couleur du carré qui est inclus à l'intérieur (blanche ou noire). Faites une croix dessus pour la définir, par exemple : noire une croix, blanche un cercle. Renouvelez cette même opération avec les trois tas d'enveloppes restantes. Il ne reste plus maintenant qu'à ouvrir les enveloppes pour vérifier combien de fois vous avez trouvé les bonnes couleurs qui étaient incluses à l'intérieur. Pour une moyenne de huit enveloppes trouvées sur dix et répétée bien sûr sur les quatre tas, vous pouvez considérer que vous avez des dons de perceptions exceptionnelles et que votre intuition se développe au plus haut niveau. Pour une moyenne de cinq enveloppes sur dix, toujours par tas, et répercutée sur les trois autres piles d'enveloppes, l'essai est convaincant et démontre que vous commencez à développer une sensibilité intuitive, mais que vous laissez encore votre intellect réfléchir. Persévérez dans mon enseignement et le mois prochain, votre niveau aura progressé. Moins de dix enveloppes sur les 40 trouvées peut laisser croire que vous avez eu beaucoup de chance et que vous ne vous mettez pas en ressenti avec ce que vous faites. Il y a en apparence beaucoup de travail à venir. Ne vous alarmez pas avec le temps, vous y arriverez. Cet exercice, qui peut paraître vraiment très simple, démontre que, si nous nous mettons à l'écoute des vibrations que nous ressentons, nous pouvons de ce fait définir leur intensité et la source vibratoire émise. Avec beaucoup d'expériences supplémentaires, vous pourrez compliquer les choses en mettant différents autres carrés de couleurs et toujours en essayant de les définir groupe par groupe. Cela nous permet aussi de constater que chaque couleur a sa propre source d'énergie, de vibrations, et influe donc sur ce qui nous entoure, sur nous et notre mental.

Un autre exercice qu'il me semble bon de pratiquer de temps en temps pour analyser la force de votre mental, mais aussi de votre volonté spirituelle est celui que je vais vous décrire ci-dessous et dont je me permets de vous conseiller la pratique au moins une fois tous les trois ou quatre mois. Prenez un récipient en verre que vous allez remplir d'eau (un bol peut faire l'affaire). Placez à la surface de l'eau, un petit morceau de papier d'aluminium d'un demi-centimètre de côté. Venez placer votre main sur le côté opposé à ce dernier et tout en vous concentrant sur le morceau d'aluminium, donnez-lui l'ordre mentalement de venir vers votre main. Au bout de quelques secondes, ce dernier devrait s'approcher très lentement de votre main, comme s'il était attiré par un aimant. Faites bouger votre main tout autour du bol et normalement ce dernier devrait suivre votre main. Vous pouvez aussi compliquer l'exercice en vous concentrant cette fois pour faire l'inverse (donnez l'ordre de s'éloigner de vous). N'ayez aucune inquiétude, pour ceux qui auraient de grosses difficultés à réaliser tout ceci, avec un peu d'entraînement et en suivant mon enseignement, d'ici quelques temps vous serez à même de le faire sans grande difficulté. Gardez en mémoire que cet exercice n'est pas significatif de vos facultés, mais plus facilement un jeu pour vous détendre. Tout ceci démontre qu'une simple pensée a une forme d'influence non négligeable sur la matière. Elle est avant toute autre chose le meilleur support pour vous initier à réagir de façon morale tout au long de vos expériences, qu'elles soient professionnelles, affectives, matérielles ou spirituelles.

Il est bon aussi de pouvoir vous constituer ce que nous appelons plus communément des objets de pouvoir. Un exemple simple, quand vous pratiquez l'ouverture des centres énergétiques pour vous-même, prenez l'habitude de le faire sur un petit coussin, que vous utiliserez constamment pour vos pratiques. Ce même coussin peut vous servir bien sûr, pour vos méditations, mais aussi pour tout autre exercice, que vous allez mettre en application. Le principe est très simple. A chaque fois que vous l'utiliserez, il prendra la charge énergétique qui passera à travers vous, et vous permettra dans le temps de pouvoir accélérer toutes les applications qui vous sont utiles, sans avoir à forcer. D'autres pourront utiliser afin de pouvoir se détendre et libérer leur intellect du stress de leur journée, un support extérieur, telle une cassette de relaxation ou tout autre chose.

Ce qui va suivre maintenant peut être considéré, pour bon nombre de chercheurs ou de praticiens, comme l'eldorado de la spiritualité.

Avant de vous l'enseigner, je me permets d'insister sur un point de votre compréhension, qui est d'une importance capitale. Les mantras qui vont suivre sont d'une simplicité déconcertante, mais doivent être utilisés uniquement lorsque vous maîtriserez totalement la pratique de cet enseignement. Au même titre que beaucoup de phénomènes dans notre existence, si nous ne possédons pas les bases, les risques d'erreur sont nombreux. Un exemple très simple peut vous permettre de comprendre. Nous pouvons à notre époque faire tous les calculs, même les plus savants, simplement en utilisant une calculatrice, mais en aucun cas cette dernière ne remplacera la connaissance. Si à l'école, au collège, à l'université, vous n'avez pas pris le temps ou la peine d'étudier correctement les bases des mathématiques, vous ne pourrez comprendre les résultats obtenus sur la calculatrice lors de son utilisation. Suite à la lecture de ce livre et à vos pratiques quotidiennes, vous deviendrez vous-même mage. Il est impératif de continuer à travailler pleinement au quotidien toutes les bases que je vous ai inculquées avant de poursuivre vers la voie de la simplicité. Je vous ai déjà enseigné cela dans mon premier livre : « Vérité ! ». Mais aussi dans cet ouvrage, par différentes techniques pour l'ouverture des chakras. Il en existe une qui est vraiment très simple et qui demande très peu de pratique. Vous allez d'ailleurs la mettre en application pour vous-même, mais aussi en faveur d'une personne, qu'elle soit face à vous ou à distance.

Vous allez réciter ce mantra à voix haute, de préférence debout, les paumes de mains dirigées vers le ciel. Vous le réciterez une fois ou trois fois, toujours en mettant de l'émotion dans vos paroles.

**« Aset divine mère, au nom de Dieu
et du Christ, merci d'ouvrir mes centres
énergétiques, de les purifier,
de les vitaliser et de les harmoniser. »**

Restez dans cette position quinze à vingt minutes minimum, si vous le faites pour une personne à distance, vous pouvez augmenter la durée de l'exercice de dix minutes supplémentaires. Comme vous allez-vous en apercevoir très vite, les résultats obtenus sont vraiment époustouflants et permettent à la fois d'ouvrir les centres, mais aussi de les purifier simultanément. De la même façon, nous pourrons ouvrir tous les autres centres énergétiques du corps humain (chakras des épaules, des mains ou des pieds). En aucun cas, nous ne pourrons pratiquer pour une multitude de personnes en même temps. Car si ce mantra est extrêmement puissant et par la bienveillance de la divine mère nous permet une ouverture complète et sans risque, nous ne pourrons le faire que sur une seule personne à la fois et pas plus d'une fois par jour, sur un même individu. Dans certains cas, il se peut que des sujets possèdent des centres tellement défectueux qu'il faille les changer. Dans ce cas, et seulement dans celui-ci, vous pourrez utiliser le mantra que je vais vous donner.

Si vous avez un doute sur l'état réel du centre énergétique, demandez un conseil ou une assistance à une personne initiée.

Toujours de la même façon, vous le réciterez à voix haute et toujours trois fois.

« Aset divine mère, au nom de Dieu et du Christ, merci de changer les centres d'énergies défectueux de cette personne

(citer le nom de la personne
ou visualisez-la dans votre esprit).»

Ce mantra n'est bien sûr à utiliser que dans la prescription ci-dessus évoquée. Or, comme vous le constaterez, il est quand même très rare d'avoir un centre d'énergie détruit ou endommagé que nous ne puissions ouvrir. En tout état de cause, il ne sera à pratiquer qu'une seule fois sur un même individu, car comme vous vous en doutez déjà, nous ne pouvons remettre en question les compétences de la divine mère. Donc, elle est la garante des centres d'énergie qui seront remis à leur place et dans les conditions les plus bénéfiques pour le sujet sur lequel elle aura travaillé à votre demande.

Je vous ai déjà parlé à plusieurs reprises de purification du corps, de l'âme et de l'esprit. Il existe aussi pour ces trois points une clé, qui vous permettra d'accéder à leur réalisation dans des proportions toujours extrêmement élevées, mais aussi, car je ne doute pas que vous ayez déjà pratiqué tout ce que je vous ai enseigné au préalable, de maintenir et de faire fructifier votre capital purification sagesse.

Elle peut être pratiquée seule ou en groupe, et aussi pour une tierce personne, que celle-ci soit en votre présence, ou à distance. Toutefois, je vous conseille pour cette pratique de l'inciter à s'allonger les jambes décroisées, les bras le long du corps, les yeux clos.

« Aset divine mère, en ton nom, merci mon Seigneur Christ de me transmettre les énergies nécessaires à ma purification, vitalisation, harmonisation. »

Ce mantra peut être pratiqué tous les jours autant de fois que nécessaire. N'en abusez tout de même pas, car je pense que si au début il existe une réelle nécessité de se purifier, avec le temps vous aurez obtenu un niveau suffisant pour n'avoir à pratiquer ce dernier que de façon hebdomadaire.

Nous parlons souvent de l'ego, du corps humain, mais dans notre enseignement universel, dans notre recherche de nous rapprocher de Dieu, nous oublions très souvent de lui apporter les énergies nécessaires pour le conserver en ordre de fonctionnement correct, mais encore pour lui éviter toute forme de souffrance ou de maladie, qu'il n'aurait pas à subir en temps normal si nous nous montrions pas aussi négligeant à son égard. Le problème reste très simple à remédier et je vais vous en donner la solution dès maintenant. Il faudra surtout ne pas oublier de le pratiquer au moins une fois par mois, pendant cinq ou dix minutes minimum. Vous le ferez allonger sur votre lit, les jambes toujours décroisées, les bras le long du corps, paumes de mains dirigées vers le ciel, les yeux de préférence fermés.

« Aset divine mère, en ton nom, merci mon seigneur Christ de me transmettre l'énergie du cristal, merci mon seigneur Christ. »

L'énergie du cristal est une source de vitalité première pour notre organisme, tant au niveau des cellules, des neurones, que de nos ADN. Elle va nous permettre de régénérer et d'alimenter constamment toutes les parties déficientes de notre être, de façon à résoudre tout manque de la part de notre organisme, ce qui pourrait avoir pour effets de nous réfréner dans notre évolution spirituelle, ou nous créer des contrariétés psychologiques à court et moyen termes. Le corps humain, comme vous le savez déjà, nécessite pour son maintien en vie sur le plan terrestre plusieurs stéréotypes d'énergies différentes, la principale étant la source d'alimentation classique (manger, boire), les énergies subtiles, absorbées par les chakras qui sont en lien direct avec le corps humain (lumière de Dieu et tout autre principe actif divin que je vous ai déjà enseignés), mais aussi les énergies cosmiques. Ce sont ces dernières qui vont nous intéresser maintenant. Nous en parlons dans de nombreux livres ou enseignements oraux et très souvent la façon dont sont inculquées les techniques pour canaliser ces fameuses énergies cosmiques si bénéfiques soient-elles, s'avèrent très difficile d'emploi, voire même barbares. Les énergies cosmiques servent de maintien entre le plan terrestre et le cosmos. Elles nous permettent de rester en contact avec l'univers en permanence et par ce fait, de pouvoir contribuer à recevoir les diverses autres sources d'alimentation énergétique assimilable par notre organisme physique. Dans la même optique, que les techniques précédentes, vous pratiquerez allongé, de préférence les jambes décroisées, les bras le long du corps. Vous pourrez réciter le mantra, mentalement ou à voix haute. Toujours de préférence, trois fois consécutives. Et surtout, n'oubliez pas de mettre de l'émotion dans vos paroles.

« Aset divine mère en ton nom, merci mon seigneur Christ de me transmettre les énergies cosmiques nécessaires à mon évolution physique, matérielle, spirituelle. »

Prenez le temps de vivre cet exercice un minimum de dix à quinze minutes, voire plus et régulièrement (au moins une fois par mois). Les données que je vous indique, tant au niveau de la durée de la pratique que de la répétition dans le temps, ne sont qu'à titre indicatif et peuvent être, en fonction des cas, renouvelées plus souvent. Comme vous devez vous en douter, il existe effectivement plusieurs formes d'énergies cosmiques, c'est pour cela que je vous confie un second mantra qui sera à alterner bien sûr avec le précédent, et que vous mettrez en application exactement dans les mêmes conditions que celles précédemment citées.

« Aset divine mère, au nom de Dieu et du Christ , merci de me transmettre tes énergies cosmiques. »

Pour les personnes possédant une sensibilité très prononcée, afin de vous éviter le désagrément de vibrer intensément (les vibrations d'ordre cosmique amènent un ressenti de tremblement à l'intérieur du corps humain), je vous conseille à placer auprès de vous, un bol ou tout autre récipient rempli d'eau, dans lequel vous ajouterez deux ou trois grains de gros sel, ce qui aura pour effet d'amoindrir vos ressentis personnels face aux vibrations dégagées par les énergies cosmiques entrant dans votre corps. Chez certains individus – cas rarissime – le fait de se recharger massivement avec ces mêmes énergies peut provoquer pendant quelques jours (deux à trois jours maximum) des troubles du sommeil ou une légère sensation de flottement tout au long de leurs activités périodiques. Ces petits désagréments, qui surviennent dans deux pour cent des cas, sont sans incidence pour le corps physique ou l'esprit. Vous pourrez aussi fait appel au service de la Divine Mère si vous ne possédez pas les clés pour solutionner le problème (mantra). Qu'il s'agisse de difficultés d'ordre professionnel, sentimental ou de santé, elle sera toujours là pour essayer de vous aider du mieux qu'elle le pourra. Contrairement aux idées avancées, elle négligera intentionnellement de prendre en considération votre karma (même si ce dernier s'avère contre-indiqué pour ce que vous demandez). Afin de vous soulager ou de concrétiser votre souhait, vous pourrez pratiquer allongé ou debout, mais toujours en conservant les jambes décroisées. Vous pourrez vous exercer sur vous-même ou sur toute autre personne. Toutefois, je vous conseille vivement de traiter un cas l'un après l'autre. Vous réciterez, impérativement cette fois, à voix haute, le mantra suivant, trois fois :

« Aset divine mère, au nom de Dieu et du Christ, merci de me transmettre les énergies nécessaires pour régler............... »

(citez le problème ou la maladie pour lequel ou laquelle vous sollicitez son aide). »

Prenez toujours le temps nécessaire pour laisser les énergies entrer en vous et dites-vous que, ces dernières une fois assimilées par votre corps et votre esprit, auront besoin d'un certain laps de temps pour que leurs actions deviennent efficaces. En général, elles travaillent à l'intérieur du corps pendant environ vingt-et-un jours. Cela peut vous sembler idiot, mais je sais que bon nombre d'entre vous n'y penseront pas instinctivement, c'est pour cela que je me permets de vous préciser que l'utilisation de ce mantra doit être adaptée au niveau de sa forme, si vous l'utilisez pour une autre personne que vous-même. Je vous cite un exemple pour une tierce personne, qui aurait besoin de régler un problème affectif dans son couple. Dans ce cas, vous diriez :

« Aset Divine Mère, au nom de Dieu et du Christ, merci de lui transmettre les énergies nécessaires pour régler ses problèmes de couple. »

Après chaque séance, n'omettez pas de remercier la Divine Mère, Dieu et le Christ et surtout de leur transmettre des vibrations d'amour. Faites-le toujours avec un grand respect, mais surtout, avec la sincérité de votre cœur. Exemple :

« Merci Aset Divine Mère de m'avoir assisté ici et maintenant et au nom de Dieu et du

Christ, je t'envoie une immense vibration d'amour. »

Prenez toujours l'habitude d'adapter le mantra. Dans le cas présent, c'est pour la remercier de vous avoir aidé dans un acte quelconque.

L'une des bases fondamentales de la continuité de votre évolution spirituelle est l'apprentissage de la magie rituelle. En employant le terme magie, je parle de sciences occultes divines, car ces dernières existent depuis l'aube de notre humanité et ont traversé toutes les époques, avec leurs lots de questions ou de superstitions. Sans nul doute, elles sont d'une efficacité incontestable, puisqu'après trente-deux siècles d'existence, elles sont toujours présentes. Elles sont la racine même de notre humanité. Demandez à la personne qui s'initie sur le chemin de Dieu et de l'amour divin, de s'harmoniser avec sa volonté et avec l'univers. Je tiens à clarifier tout de même un point qui peut être important pour vous. Ce qui va suivre n'est pas à pratiquer obligatoirement, mais je vous conseille tout de même de lire avec sérieux et assiduité. Certains considéreront le côté rituel comme un lavage de cerveau ou plus simplement du cinéma. Sachez toutefois qu'en accomplissant un rituel avec foi, amour et conviction, les études préalablement assimilées permettront d'accomplir avec beaucoup plus d'aisance, le choix et la réalisation de volontés (je parle bien évidemment de volontés positives). Afin de pouvoir commencer, je me permets de vous donner un conseil. En effet, il convient afin de faciliter vos exercices, que vous édifiiez un autel (à noter que dans toutes les cultures ou religions, la présence d'autel existe, même si ces dernières déconseillent les pratiques dites occultes). A l'aide d'une table basse par exemple ou d'un meuble de faible hauteur, recouvert d'un tissu blanc ou d'un miroir, vous positionnerez vos bougies et un encensoir. Vous ajouterez, un petit pot (de préférence en cristal), dans lequel vous placerez du gros sel (celui-ci représentera l'élément terre). Puis dans un autre pot, vous verserez de l'eau propre. Au mur, seront affichées la représentation de la Divine Mère (ou toutes autres Saintes Vierges en fonction bien évidemment de votre croyance) et en dessous de celle-ci, celle du prophète (Jésus, Mahomet, Bouddha, etc.). Si vous ne mettez pas un portrait prophétique enégard à vos convictions, vous remplacerez cette absence évocatoire par le symbole le plus représentatif de votre piété. Par ailleurs, la disposition de l'autel ne peut être faite au hasard, il doit impérativement être dirigé plein Nord. Les énergies positives proviennent toutes du Nord. D'ailleurs, j'en profite pour conseiller à ceux qui souffrent d'insomnies, de cauchemars ou autres perturbations nocturnes, de diriger leur lit de la même façon. Il est quasi certain alors que vous ferez des nuits saines, ce qui vous permettra de vous ressourcer pleinement. Pour vos offrandes, vous utiliserez toujours des encens naturels que vous brûlerez sur des charbons ardents (les charbons ardents symbolisent l'élément feu) et les encens naturels : l'élément air. Nous trouvons aisément ces fournitures dans les magasins spécialisés en produits ésotériques.

Toutefois je vous conseille d'utiliser :

De la myrrhe pour Dieu
De la rose pour la Divine Mère
De la lavande pour le Christ

Avec en plus et à chaque fois, un peu d'encens pontifical pour la purification.

Il existe plusieurs sortes d'encens, avec pour chacun d'eux, une propriété spécifique. Pour l'analyse des diverses variétés, n'hésitez pas à demander une liste précise à votre éditeur, afin de répondre au mieux et sans erreur à votre attente.

Pour agir consciemment, le mage dispose d'un moyen privilégié, le rituel. Je vais vous en livrer quelques-uns, qui ne sont, selon mon habitude, que des rites de magie positive. En aucun cas, avec toutes les formules que je vais vous donner plus loin, vous ne pourrez entreprendre un acte négatif, ou faire le mal que cela soit pour vous ou pour une tierce personne. Vous ajouterez sur votre autel un petit récipient de cristal, qui sera rempli d'eau. Cette eau, devra être renouvelée quotidiennement de façon à rester toujours propre et limpide.

Le premier rituel que je vais vous offrir vous permettra de séduire une personne de votre choix. Il va vous falloir pour cela une bougie de couleur bleue, si vous êtes une femme et rose si vous êtes un homme, d'un morceau de fil de cuivre (un fil électrique dénudé fera l'affaire) et de quelques épingles. Vous allez pratiquer ce rite sur votre autel ainsi constitué, comme je vous l'ai expliqué au préalable, un vendredi soir de préférence entre minuit et une heure du matin, avec votre fil de cuivre, vous allez graver sur votre bougie le nom et le prénom de la personne que vous voulez charmer. Planté dans votre bougie autant d'épingles que de lettres constituant les nom et prénom de l'élu de votre cœur. Puis, vous enfoncerez une épingle sur chaque lettre inscrite. Puis chaque nuit, entre minuit et une heure du matin, vous ferez brûler votre bougie jusqu'à ce qu'une épingle tombe, en disant :

« Aset Divine Mère en ton nom, esprits de l'amour, je vous conjure au nom de Shiva, consumer le cœur de......

(citez les nom et prénom de la personne)

comme cette flamme consume cette bougie qui brûle en votre honneur et pour votre satisfaction »

Je vous incite à essayer le plus possible de visualiser le visage de la personne que vous convoitez dans la flamme de la bougie. Profitez de ce rite pour augmenter votre capacité à engendrer les événements. Comment ? c'est très simple. Après avoir terminé ce rite, transmettez de la lumière divine dans le subconscient de la personne convoitée pendant une période de dix à quinze minutes consécutives. Puis pour conclure chaque séance, n'oubliez pas de remercier la Divine Mère, ainsi que toutes les entités qui vous aident à réaliser votre souhait. A titre de sécurité, avant de commencer le rite, le premier vendredi, offrez comme je vous l'ai appris au préalable, à la Divine Mère, votre expérience et toutes les énergies qui en découlent. Vous conviendrez certainement que nous devons respecter les principes divins, et par conséquent, nous appliquerons ce rituel sur des personnes qui sont libres (non mariées ou fiancées). Dans le cas contraire, si certains d'entre vous avez la mauvaise idée de convoiter le mari où la femme de leurs voisins, ami(e) ou toute autre personne déjà amoureuse, il n'obtiendrait aucun résultat.

Le second rite qui suit vous permettra de transformer une amitié en un amour durable. Pour cela, vous allez vous munir d'une bougie de couleur rouge sur laquelle, toujours avec un fil de cuivre, vous allez graver les prénom et nom de la personne concernée. Vous allumerez la bougie un vendredi entre vingt-et-une heures et vingt-deux heures. Vous devrez la laisser se consumer en totalité dans la même nuit, puis quand celle-ci sera éteinte, vous direz à voix haute :

« Merci mon seigneur Christ de transmettre les énergies nécessaires pour modifier le lien d'amitié qui nous lie, en un lien d'amour qui nous unisse. »

Pendant tout le temps où la bougie se consume, vous devrez penser fermement à la personne concernée de façon positive, en essayant le plus possible de la visualiser dans votre esprit, rayonnante de bonheur et d'amour. Vous pourrez faire une offrande pendant ce rituel, composée d'un mélange d'encens pontifical, de rose et de lavande, en proportion égale, que vous brûlerez bien évidemment sur des charbons ardents.

Pour ceux d'entre vous qui souhaitent découvrir l'amour avec la personne qui leur est destinée, je vous confie ce rite. Il vous faut pour le pratiquer, une bougie de couleur blanche et un petit miroir à main. Vous pratiquerez ce rite la première nuit de la pleine lune, entre une heure du matin et trois heures. Vous devrez être habillé impérativement dans une tenue en coton. Vous allumerez la bougie, que vous irez placer sur le rebord de votre fenêtre ouverte, face à la Lune. Puis, vous irez vous mettre dos à la fenêtre et à la bougie. En prenant votre miroir, vous regarderez dans ce dernier de façon à ce que vous puissiez voir la lumière de la Lune, sans que celle-ci paraisse à l'intérieur et en même temps une partie de la lueur de la flamme de la bougie. Vous devrez surtout ne pas vous voir dans le miroir. Seules les deux lumières confondues : le rayonnement de la lune et la lueur de la bougie doivent imprégner la surface entière de votre miroir. A ce moment précis, vous direz à voix haute :

« Aset Divine Mère, en ton nom, merci esprit de la lune de me faire voir le visage de la femme ou de l'homme qui m'est destiné(e). »

Vous réciterez ce mantra trois fois en prenant tout votre temps et au bout de quelques minutes (entre trois et sept minutes), vous verrez apparaître dans le miroir le visage de l'homme ou de la femme qui vous est réellement destiné(e). Pour certains d'entre vous, il faudra recommencer ce rite plusieurs fois avant d'obtenir le résultat escompté.

Cependant, il peut arriver que la connaissance de cette personne intervienne plusieurs mois ou années après avoir fait ce rite, ou que cette dernière soit déjà une personne de notre passé affectif. Dans ce cas, il ne vous reste plus qu'à la contacter pour découvrir la voie de votre bonheur. Je sais qu'une angoisse peut surgir à l'idée de rencontrer cet être dans plusieurs mois ou années, mais vous avez toutes les techniques de lumière que je vous ai déjà enseignées, qui, à cet égard, pourront vous être d'un grand secours pour réduire cette notion de temps qui vous sépare de votre bien-aimé(e).

Seules quelques personnes, ne rencontreront pas la personne qu'ils ont vue dans le miroir, car cette dernière les attend peut-être dans une vie prochaine (c'est la loi du karma). Ce qui sans nul doute ne les empêchera pas de trouver leur bonheur dans cette vie présente sur le plan affectif et familial. Je vous conseille, pendant la réalisation de cette pratique, de faire en offrande un peu d'encens de jasmin et pontifical, que vous ferez brûler toujours sur des charbons ardents et offrirez avant de commencer votre pratique à Shiva (déesse de l'amour). Faites toutes vos offrandes d'encens au nom de « Aset », exemple :

« Aset Divine Mère, j'offre en ton nom ces encens qui se consument à Shiva »

Je sais par expérience que bon nombre d'entre nous ont déjà ressenti, au cours de certaines conversations, la sensation que, peu à peu, votre interlocuteur absorbait en quelque sorte votre force vitale et que vous aviez une extrême fatigue après cet entretien, voire une sensation de malaise tout au long de la discussion.

Pour préserver votre corps et votre esprit de cette perte de vitalité, vous allez vous fabriquer un bracelet en fil de cuivre souple, ajusté de près à votre poignée gauche et que vous fermerez par un simple nœud. Gardez-le nuit et jour tant que vous souhaiterez bénéficier de son pouvoir. Vous devrez le porter pour la première fois, un mardi entre seize et dix-sept heures. Pour vous mesdames, de façon à rester coquette, vous pourrez remplacer le fil de cuivre par un brin de laine verte autour de votre poignée gauche. Le pouvoir de ces deux bracelets sera d'autant plus efficace qu'ils seront fabriqués, noués et attachés en période de lune descendante. Confectionnez ceux-ci face à votre autel et n'oubliez pas d'offrir vos ressentis face à ce bracelet, à la Divine Mère.

Nous pouvons aussi, pour les entretiens d'embauche ou dans le cadre de nos diverses activités professionnelles, amplifier notre pouvoir de persuasion, mais aussi de décontraction face à nos interlocuteurs. Comment ? Simplement en plaçant une émeraude (je parle ici de pierre brute non taillée) dans un petit sachet en velours noir que nous conserverons sur nous, dans la poche gauche. Afin de donner une force supérieure à votre pierre, vous pourrez l'exposer tous les mois, à la lueur du premier soir de la pleine lune, pendant une nuit entière. En aucun cas, cette dernière ne pourra être prêtée à une autre personne (elle vous est attitrée) ou ne devra être exposée à la lumière du soleil (cela la déchargerait et anéantirait ses effets).

L'un des éléments de l'évolution grandissante et perpétuelle de notre société est le sentiment de ne pouvoir faire confiance à autrui. Pour bon nombre d'individus, l'amitié est très souvent liée au profit de toute sorte. Il est vrai que dans notre société de consommation, cela s'avère de plus en plus être le cas, mais heureusement des amitiés sincères peuvent exister. Je vais donc vous enseigner une technique qui n'est pas d'une nécessité absolue. Aussi, vais-je faire confiance et m'en remettre à votre bon sens, qui devrait, en théorie, suffire pour créer des liens suffisamment forts et réels avec votre prochain et nouer une amitié sincère et durable. Toutefois, si vous désirez vous attirer la sympathie de gens influents, que cela soit pour votre activité professionnelle ou tout autre projet que vous envisagez sur le plan matériel, vous pourrez l'utiliser sans grande difficulté.

Il faudra vous procurer en petites quantités (deux à trois cuillères à soupe de chaque composant) :

Des fleurs de jasmin.

De la noix de muscade broyée en poudre.

Du corail blanc.

Des huîtres (vous n'utiliserez que la coquille broyée en poudre très fine).

Il ne reste plus, un soir de pleine lune, qu'à réduire en une poudre très fine tous ces composants et de les mélanger entre eux de façon homogène. L'utilisation de cette poudre d'amitié est très simple, parsemez d'une pincée de votre poudre ainsi réalisée le seuil de la porte de votre maison ou appartement, de manière qu'en entrant ou en sortant de chez vous, la personne marche obligatoirement dessus. Il ne vous reste plus qu'à inviter les individus souhaités. Si cela peut encore paraître trop difficile pour les plus timides d'entre vous, n'hésitez pas à transmettre la lumière de Dieu dans le subconscient des personnes intéressées, pendant quelques minutes et cela pendant deux à trois jours préalablement à leur venue. Nous pouvons aussi ôter, pour les personnes qui travaillent en collectivité, les tensions ou les agressivités induites par leurs collègues, en se fabricant un fil de laine magique. Prenez un petit bout de laine vierge de couleur rouge (cinq centimètres environ), placez-le sur votre autel et allumez une bougie bleue que vous offrirez à la Divine Mère. Puis, vous donnerez de l'encens pontifical et de chèvrefeuille mélangés à l'archange Gabriel. Vous passerez en tenant le petit morceau de fil rouge dans votre main gauche, ce dernier dans la fumée de l'encens, en disant à voix haute :

« Aset Divine Mère, en ton nom, merci archange Gabriel de transmettre tes énergies protectrices dans cette laine. »

Puis vous passerez au-dessus (environ à dix centimètres) de la flamme de votre bougie, le bout de laine en disant à voix haute :

« Aset Divine Mère,
en ton nom cela est fait »

Il ne restera plus qu'à l'accrocher à l'intérieur d'un vêtement (pull-over, tee-shirt, etc.) à l'aide d'une épingle à nourrice. Je vous conseille afin de rester toujours discret et de ne pas choquer la culture ou les croyances d'autrui, de le placer dans le dos de votre vêtement pour que celui ci ne puisse être visible. Pour pratiquer pleinement ce rite sans avoir d'appréhension tant au niveau du résultat que de la pratique par elle-même, je vous conseille, comme je vous l'ai appris antérieurement dans cet ouvrage, de faire appel à la présence de vos anges gardiens, avant de commencer. Ils vous guideront pas à pas, mais surtout vérifieront que les principes énergétiques sollicités seront bien appliqués au bout de laine que vous tiendrez. Ils vous empêcheront d'avoir la crainte légitime qui est celle d'appeler l'archange Gabriel en personne. Nous allons maintenant voir l'utilisation très ancienne du miroir magique.

Prenez un morceau de métal que vous allez très légèrement incurver et de préférence polir de vos propres mains, jusqu'à ce que vous puissiez voir votre reflet à l'intérieur. Placez le miroir que vous venez de fabriquer dans un linge en coton blanc, de préférence neuf, que vous aurez acheté spécialement pour cette occasion. Vous attendrez le premier soir de pleine lune, à la première heure de la tombée de la nuit. Et avec une plume neuve (plume d'écoliers), vous écrivez à l'encre de Chine, en petits caractères, en haut du miroir Jéhovah, en bas Nitratons, à gauche Elohim et à droite Adonaï. Quand vous aurez terminé cette opération, vous réciterez à voix haute le mantra qui suit :

« Aset Divine Mère, en ton nom, merci Dieu tout puissant qui a créé toutes ces choses pour notre amour et par jugement occulte pour la santé des hommes, d'envoyer ton ange Anael sur ce miroir, qu'il commande et ordonne à ses compagnons et à tes sujets que tu as créés, qu'en ton nom, ils jugent et agissent dans la droiture pour m'instruire et me montrer ce que je leur demanderai ».

Vous allez réciter ce mantra trois fois à voix très haute, puis vous consumerez sur des charbons ardents un peu d'encens pontifical mélangé avec du safran en part égale. Vous passerez votre miroir au-dessus de la fumée d'encens et direz à voix haute :

« Au nom de Aset, de Dieu et du Christ, merci Anael de venir ici et maintenant et commande à tes sujets, anges et archanges, entités de lumière, qu'ils fassent voir à mes yeux les choses qui me sont cachées, que ma volonté soit faite, au nom de Jéhovah. »

Quand vous aurez fait tout cela, faites le signe de la croix sur vous, mais aussi sur le miroir. Vous recommencerez exactement les mêmes étapes pendant quarante-huit jours consécutifs, à la fin desquels Anael apparaîtra sous la figure d'un jeune homme et commandera à ses compagnons de vous obéir. Par la suite, lorsque vous souhaiterez voir dans le miroir, et obtenir ce que vous voudrez, il ne sera plus nécessaire de réciter tous ces mantras, mais seulement, après avoir parfumé le miroir avec la fumée d'encens, vous direz :

« Aset Divine Mère, en ton nom,
merci Anael de venir et de me montrer
ce que je désire. »

Je vous conseille toutefois de demander à voir des choses, des lieux ou des gens agréables. Il y assez d'atrocités en ce bas monde qui nous affligent, sans avoir à les chercher ou jouer les voyeurs. Le miroir vous permettra de parfaire votre éducation spirituelle ou matérielle. Ce miroir magique n'a pas pour but de vous faire retourner à l'âge de la Préhistoire, donc par conséquent, il n'est pas d'une nécessité absolue de le réaliser. Pour ceux qui vont le confectionner, je vous oriente à l'utiliser à des fins positives. Le but n'étant pas de faire du contre-espionnage, évitez donc de vous en servir pour surveiller votre femme ou votre mari, vos enfants, même si le comportement de ces derniers vous tracasse un tant soit peu.

Je peux malgré tout imaginer que certains aimeraient bien connaître le comportement de leurs collègues ou amis pendant leur absence.

Il est tout de même plus simple de faire appel à des agences de détectives qui, elles, sont faites pour cela. C'est moins spirituel, je vous l'accorde, mais c'est leur fonction principale. Je conseille à tous ceux qui veulent utiliser leur miroir de façon optimale de le placer au-dessus de leur autel et d'offrir toutes les énergies et leurs ressentis à la Divine Mère avant chaque séance. Vous pourrez, pour ceux qui ont des difficultés à voir leurs anges, les appeler à travers ce miroir, afin de communiquer avec eux. Les rites de magie ne servent pas qu'à des utilisations personnelles, ils peuvent aussi nous permettre d'entrer en contact avec des groupes ethniques, des peuplades, voire des civilisations disparues. L'une des plus connues, qui a fait couler beaucoup d'encre à travers les différentes époques de l'évolution de notre société, est celle du peuple ATLANTE. Vous avez, je suppose, entendu parler de la cité perdue, ATLANTIS. Même si à l'heure actuelle, il est indéniable que leur localisation sur le plan terrestre s'avère impossible, la cité demeure et le peuple ATLANTE aussi.

Le rite, que je vais maintenant vous communiquer, vous permettra d'entrer en contact avec eux et de pouvoir ainsi profiter de leur savoir et de leurs énergies, qui sont d'une évolution considérable par rapport à celles dites humaines.

Pour cela, vous commencerez le rite un vendredi vers vingt-et-une heures, il vous faudra vous munir de trois bougies, une blanche, une rouge, une verte, et pour l'offrande d'encens : un mélange de pontifical, de myrrhe et de lavande, tout ceci bien évidemment à parts égales, que vous brûlerez sur un charbon ardent.

Vous allez offrir votre première bougie rouge à tous vos frères de lumière, puis la bougie bleue à la Divine Mère, vous consumerez à ce moment précis, votre mélange d'encens en disant à voix haute :

« Merci au nom de Aset Divine Mère, peuple ATLANTE d'accepter cette offrande »

Puis, vous allumerez la bougie verte que vous offrirez à son tour selon le même principe que le mantra pré-cité.

Assis en tailleur devant votre autel, paumes dirigées vers le ciel (vous pourrez les poser sur vos genoux), vous prononcerez à voix haute :

« Aset Divine Mère en ton nom, merci peuple ATLANTE de me transmettre vos énergies, votre conscience du juste. »

Selon le même principe que les autres exercices, vous allez très vite vous apercevoir que les vibrations qui vous sont transmises sont d'une pureté absolue et avec un peu d'expérience, ainsi que beaucoup de pratique (une fois par jour pendant environ trois semaines), ils prendront un contact réel et peut-être même physique avec vous, ce qui en l'occurrence vous permettra de pouvoir leur poser toutes les questions qui vous semblent nécessaires pour votre évolution spirituelle (n'oubliez pas que c'est un peuple d'une culture extrêmement avancée par rapport à la nôtre). Au-delà du simple contact énergétique, si vous créez un lien de confiance réciproque, il se peut qu'ils vous livrent l'emplacement exact de leur cité sur notre planète. Ainsi, pourrez-vous les rencontrer physiquement. Grâce à ces nouveaux amis, vous pourrez par la suite entrer en contact avec d'autres civilisations dites « perdues ». Ce rituel a pour dessein de vous faire prendre conscience qu'à notre époque, ni l'argent, ni la technologie, ne peuvent permettre l'accès à des cultures aussi évoluées que celles-ci, si nous ne possédons pas suffisamment de sagesse et d'amour dans notre cœur.

En Conclusion

Le rite et la confiance absolue que nous vouons au plan divin sont les seules clés réelles qui guident, pas à pas, nos rencontres et la perception des différentes formes d'évolutions ethniques qui constituent notre monde.

La connaissance que vous venez d'acquérir vous permettra, avec un peu de pratique, de devenir un exemple de pureté, de sagesse et d'évolution spirituelle dans la lumière de Dieu.

Vous êtes maintenant devenus des entités de lumière à part entière. A ce point glorieux de votre existence, je vous recommande de ne pas omettre de remercier constamment ceux grâce à qui vous avez pu obtenir ce résultat : Dieu, la Divine Mère et le Christ.

Je vous félicite, à mon tour, pour vos efforts et votre remarquable volonté de servir le plan divin et contribuer ainsi à l'ascension de la lumière de Dieu sur terre, à la divulgation de la connaissance initiatique et de la conscience universelle.

Que la lumière et l'amour divin brillent à tout jamais dans votre cœur.

Achevé d'imprimer par France Quercy, 46090 Mercuès
N° d'impression : 41239 - Dépôt légal : septembre 2014

Imprimé en France